奶奶的夏威夷祭祀

시선으로부터,

鄭世朗　著
胡椒筒　譯

目錄

沈時善的家譜

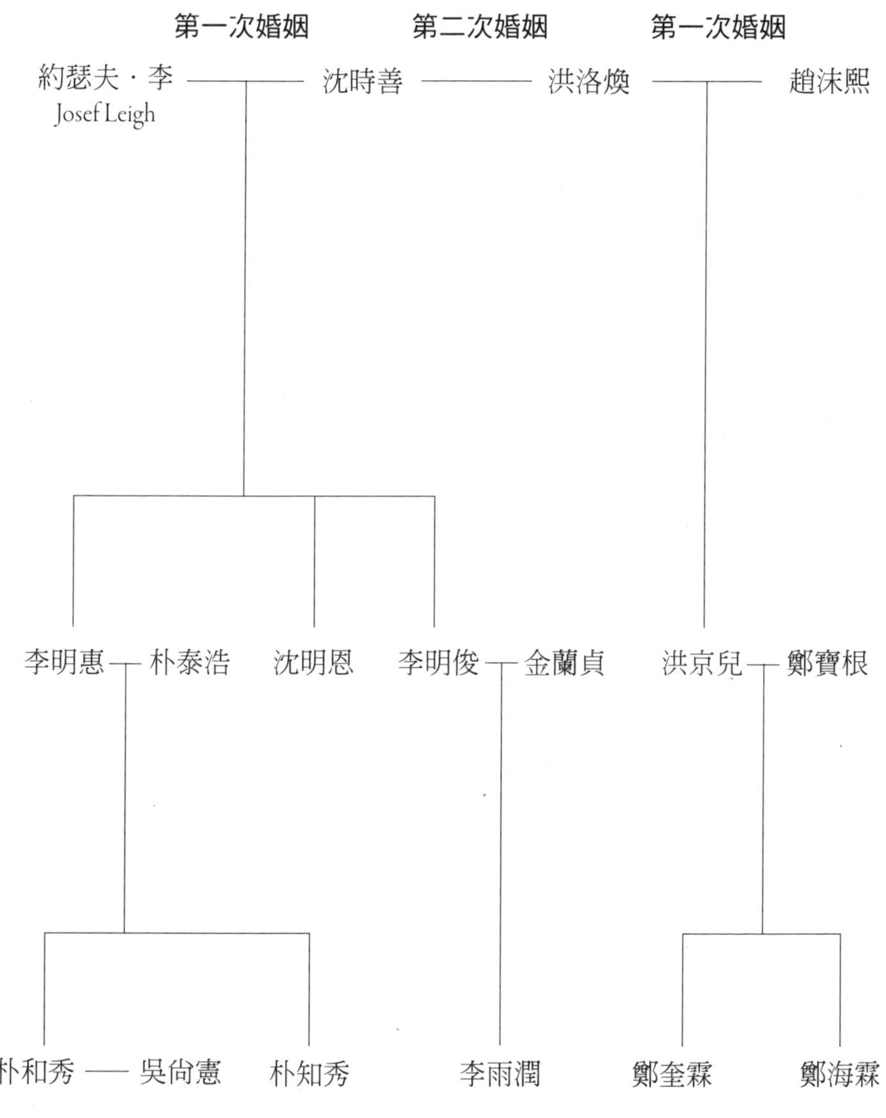

第一次婚姻
第二次婚姻
第一次婚姻
約瑟夫・李
Josef Leigh
沈時善
洪洛煥
趙沫熙
李明惠
朴泰浩
沈明恩
李明俊
金蘭貞
洪京兒
鄭寶根
朴和秀
吳尚憲
朴知秀
李雨潤
鄭奎霖
鄭海霖

1

主持人 沈時善小姐，您是唯一堅決反對祭祀文化的人，那您死後也會拒絕祭祀嗎？

沈時善 當然。為死人擺一桌吃的有什麼意義？祭祀是一種應該消失的習俗。

金幸來 您可不能喝了點洋墨水就小看我們的傳統文化，在這裡大放厥詞啊。

沈時善 沒有那個心，只空留形式，到頭來只是活受罪，更何況受罪的都是女人。我已經交代大女兒，我死後絕對不要舉行祭祀。

主持人 交代長女？您不是還有一個兒子嗎？

沈時善 老三啊？輪不到他。我死後，家裡大小事都由大女兒做主。

金幸來 您真是只挑難聽的話講啊。

沈時善 我們的想法哪一方更能持續被世人接受，後人會做出評斷的。

——《預測二十一世紀》電視討論（一九九九）

「我們應該爲媽舉行一次祭祀。」

沈家兄弟姐妹每個月會聚在一起吃午餐。當明惠在餐桌上宣布這件事時，大家都嚇了一跳。

「現在才要辦？」老二明恩很了解比自己大兩歲的大姐的個性，於是盡量用順著她的語調反問了一句。

「今年是十周年嘛。」

「但媽不是說，不讓我們祭祀嗎？」老么京兒一頭霧水。

沈時善唯一的兒子明俊連筷子都沒有停，三個女兒見他毫無反應，想起之前母親在電視節目上公開說「輪不到他」，畫面教人哭笑不得。三姐妹偶爾聚在一起講明俊壞話時也會模仿母親的口氣。遺憾的是，此刻他人在現場，大家只好稍微收斂。

「佛陀不是也交代過弟子什麼都不要做，結果有人聽話嗎？整個亞洲還不是到處都是寺廟。因爲是十周年，才想說就辦一次。」

「也是啦，我連素未謀面的婆家祖父的祭祀都辦了這麼多年，我也想祭拜媽媽一次。」

京兒和往常一樣，輕易的就被明惠拉攏了。雖然京兒是沈時善再婚後接手扶養的小孩，但她本人和其他兄弟姐妹都不以爲意，相處得十分融洽。

「媽都說討厭祭祀了，可不能違背她的意願。我們就跟平時一樣，找一間好一點的餐廳，擺一張媽的照片，一起吃頓飯不就行了嗎？」明恩還是沒有鬆口。

「大家聽好。」明惠擦了擦眼鏡，重新戴好。「我們去夏威夷舉行祭祀吧。」

明惠的話音剛落，其他人同時用懷疑的眼神看向她。

「什麼？妳打算跑到夏威夷煎煎餅，大鬧一場？」

「姐，不太好吧。」明俊這才開了口。

「你們聽我把話說完。我又沒瘋，幹嘛跑到那麼遠的地方，用媽最討厭的方式辦祭祀呢？我都想好了。」

長女繼承了沈時善不服輸的性格，雖然她也會在其他人的贊同與反對間舉棋不定，但最後大家還是會順從她的意思。

「明俊啊，叫雨潤也來參加，ＬＡ正好在中間，你幫她訂機票吧。」

明惠下達明確的指示。

雨潤是從知秀那裡聽說的，而不是爸爸明俊。雨潤和知秀從小建立了特殊的表姐妹關係，這種親密感沒有因爲隔著太平洋而淡去。知秀經常打電話給雨潤，通話次數比跟親姐姐和秀還頻繁。

「大姑姑既然都決定了，我還能怎麼辦。」雨潤一時之間也不知所措，但她知道誰也無法阻止大姑姑，於是默默同意了。

「眞不知道我媽爲什麼突然這樣，她一直到處跟人炫耀我們家不辦祭祀，結果現在是演哪齣？」

「大姑姑一定有自己的計畫。」

「那我們豈不是要被她的計畫左右一輩子？」

聽到知秀的抱怨，雨潤很想反嗆：「雖然不知道別人如何，反正妳是絕對不會被影響吧。」

但最後還是沒說出口。

「和秀姐過得好嗎？」雨潤猶豫了一下，還是問起了和秀。

電話另一頭的知秀發出嘆氣聲。「不好，過得好像不太好……說不定我媽是爲了她，才計畫了這一切。」

「夏威夷的環境那麼好，會對和秀姐有幫助的。」

「誰知道……不過，奶奶[1]年輕時在那裡生活過，去看一看也挺有意義的。」

「我有時候會想，如果奶奶一直在夏威夷生活，是不是一切就會不一樣了？」

「哎唷，奶奶那麼小隻，要是一直留在那種地方工作，一定會生病死掉的。」

「如果沒遇到Ｍ＆Ｍ……」

「那就不會遇到爺爺，也不會有我們了。」

1：編按：在本書中，沈時善的孫子女並未刻意區分稱謂，而是統一稱呼沈時善為「奶奶」。

「她很幸福的。」

「我一直都在想，奶奶應該是幸福的吧？至少以那個時代的女人而言。」

雨潤和知秀在這個問題上出現了意見分歧，她不確定奶奶是否真的幸福，她很想說：「看來我們擁有的記憶碎片不同，奶奶給我們留下了不同的碎片。」

但雨潤最後還是沒有說出口。

2

我不想再談論關於馬緹亞斯・毛厄（Matthias Mauer）的事。我知道人們仍試圖從我的言語、文章、行動和表情中尋找毛厄的痕跡，但這都毫無意義。有些問題與他的名望無關，我們之間的事情並非人們描述得那麼美好，也沒有醜陋到難以啟齒。為什麼我再怎麼努力也擺脫不掉那些流言蜚語呢？

我不是他的妻子，更不是他的戀人。我想提醒那些問我是不是因為利用過他，才閉口不談他的人們，以及肆意亂寫，說我是最近幾年不擇手段才揚名國際的評論家們，我委任了一位很有能力的律師，贏得了毛厄幾年來賺的錢，買了一幅自己喜歡的畫。

——《莫問我忘卻的往事》（一九八八）

和秀坐在餐桌前，望著奶奶留給她的那幅畫。那是一幅又小又藍的抽象畫，即使每天欣賞個一小時也能從中發現新的東西。小時候的和秀因沉迷於那幅畫，曾夢想成爲畫家，但看到人們在介紹那幅畫時，總是先強調作畫之人是某某人的妻子時，不禁令她感到茫然。奶奶畫了那麼了不起的作品，人們一再強調的卻只是男性畫家的妻子。最近，和秀更加覺得上世紀的女性心中一定都掛著一幅懸崖峭壁的風景畫。她很想喚醒十年前長眠的奶奶，請教她是如何承受每天的侮辱與蔑視？是怎麼微笑面對心如刀割的痛楚，活到七十九歲的？

時善在遺書上寫道，把那幅如同貓頭鷹般的藍色抽象畫留給和秀，因爲她總是坐在那幅畫前面。每當想起奶奶的那段遺言，和秀就會眼眶泛淚，她沒有像妹妹知秀和表妹雨潤那麼親近時善，或許因爲是長女的長女，所以她也很難擺脫那種固有的木訥性格。但儘管如此，時善還是知道她很喜歡那幅畫。

茶杯空了，但和秀連站起來走幾步路都感到吃力，所以沒有去按裝滿水的快煮壺的開關。現在的和秀只要動一動身體就會消耗難以想像的能量，上午才剛過，她就感到疲憊不堪，像一個操縱線斷掉的玩偶般連根手指都不聽使喚。眼看就要復職了，但和秀自己也在懷疑以這個狀態是否能重返公司。雖然身邊的人都不希望她逞強，小心翼翼地問她是否眞心想復職，但和秀都避而不答。

和秀只想和奶奶聊天。奶奶的離去對和秀而言是一件很奇怪的事情。時善去世前的兩、三年看起來非常健康，等到過了某個特定的時間點後，便讓人產生了一種持續的感覺。「持續」這個詞很微妙，意思是當接受了肉體的死亡後，會覺得除了肉體之外的某部分存在著持續性。奶奶是個不平凡的人物，總讓人留下深刻印象。性格上，她很容易捲入紛爭，並且絕不會對自己堅持的觀點作出讓步。正因如此，奶奶同時受到大眾一時的關心和少數人執著的憎惡。奶奶不是容易被遺忘的人，隨著時代變遷，世人也給予了她不同的評價。雖然奶奶已經去世十年了，人們還是能找出她過去發表的文章和受訪影片。

「天啊，我們的沈時善女士什麼時候上了這麼多電視節目？這節目我都沒看過。」

每當明惠稱呼奶奶「女士」時，語氣總是蘊含著愛與距離感。在通訊軟體的家族群組裡，大家會不時分享一些不為人知的紀錄。

「媽為了養活我們，居然不辭辛勞地寫了這麼多東西。」明恩說。

和秀覺得寫作對於奶奶而言可能是一件很辛苦的事，而自己似乎可以站在比其他孫輩更有利的立場來看這件事。奶奶總共寫了二十六本書，除了這些書還有很多雜文。若能把這些散落各處的文字全部輸入進智慧型機器人，並與其溝通該有多好，但那樣的時代還沒有到來，所以只能透過閱讀這些文字來體驗某種程度上的對話效果。

由於和秀每天都像故障了似的，無論做什麼行動都十分緩慢。那些舊書生了書蝨，得到離家不遠的圖書館去借消毒器，和秀卻無力前往。讀完四本書後，和秀不禁心想，奶奶為什麼不把瑪蒂亞斯·毛厄虐待自己的真相寫出來呢？為什麼不把家人都知道的過去更具體地寫出來？難道是因為時代不同的關係？如果是現在，她會講出來嗎？那個該死的傢伙朝奶奶丟了刀子，雖然只是一把粗短的油畫刀，但它還是在奶奶的手臂上留下了傷疤。入殮時，和秀看到了那道模糊的傷疤。這使得她時常想起那道在二十世紀留下、在二十一世紀火化消失的傷疤。

和秀盯著擺在眼前的空茶杯靜靜地坐著，坐到大腿發麻，坐到相框反射的陽光越來越刺眼。她看到映在相框玻璃中的自己，視線經由太陽穴和下巴，一直移動到脖子下方的傷疤。憤怒促使和秀從椅子上站起來，她雙手支撐桌子，吃力地移動腳步。膝蓋和肩膀扭動得十分不自然，但她還是扶著牆、調整著呼吸走進了浴室。

和秀很想嘲笑那些口口聲聲說不該把憤怒當成動力的人，很想笑他們一無所知，很想告訴他們，只有自己和奶奶才懂得這一切。

這樣的動力將持續十分鐘左右。

3

主持人 請問您最愛三位中的哪一位呢？

沈時善 馬緹亞斯是我的老師，不是愛情。你為什麼覺得跟我有關係的只有這三個人呢？

（臺下笑聲）

沈時善 總之，已故之人都在地下聽著呢，所以我無可奉告。

主持人 那我換一個問題。您覺得成功婚姻的必要條件是什麼？

沈時善 好的性愛，要與沒有暴力傾向和扭曲心態的人做這件事。

（臺下笑聲和竊竊私語聲）

沈時善 怎麼？老太婆講性愛很好笑嗎？

主持人 沈老師真是愛說笑（笑）。沒有暴力傾向和扭曲心態不是很基本的條件嗎？

沈時善 我覺得，具備基本條件的人反而很少。內心扭曲和布滿尖銳鐵絲的人，無法成為生活伴侶或生意夥伴，這種人一定會傷害別人。

主持人　好不容易遇到這樣的人……就只是做愛嗎？不需要進行有趣的對話或深入了解彼此嗎？

沈時善　就像是跟孩子和丈夫也沒什麼好聊的啊，因為旁人都缺少一副濾鏡，不會用我的角度去看世界。所以，與不會傷害自己的人安全地做愛，可以得到的是越來越好的性愛。

主持人　濾鏡？

沈時善　無論對方有多聰明、才華洋溢、多親切體貼，他們也始終看不到我所見的。所以，聊天找朋友就好，需要理解也可以找朋友。

主持人　話雖如此……但只追求肉體上的……

沈時善　在一個人身上尋找所有的條件，注定只會失敗。在我們一生中，遇到一個具備所有條件的人的機率非常低，而且也不要太苛刻地看待規律且有益的性愛的價值。沒有比性愛更舒壓的了。好的性愛會讓人闔上眼睛時看到不存在的顏色，說不定還會教人想寫圖畫日記呢。

主持人　那如果是不享受肉體關係的人呢？

沈時善　如果不是每三天想做一次愛的人，那還是不要跟他結婚比較好吧。

——《女性××》主辦的講座錄音（二〇〇三）

當朋友一邊把手機遞給蘭貞，一邊問她這不是妳婆婆時，蘭貞已經做好了心理準備。婆婆又發表了什麼言論？這已經不是第一次有人笑瞇瞇地把教人尷尬的內容拿給蘭貞看了。

「嗯，這話聽起來沒錯，但又有點強詞奪理、模稜兩可。」

蘭貞話音剛落，在場的人都呵呵笑了起來。她們都是雨潤讀國中時班上同學的媽媽，雖然孩子們很少來往了，家長們卻一直有在聚會。

「婆婆在世時，沒有為難過妳嗎？畢竟她不是一位普通的婆婆啊。」

「嗯，她一輩子被各種流言蜚語和紛爭糾纏，作為家人，這一點的確很教人勞神費心……但她從不偏心，無論是女兒還是兒子，無論是親生的還是別人的孩子，都一視同仁。」

「她那是漠不關心吧？這點可眞教人羨慕。」

「不，她不是漠不關心。怎麼說呢，婆婆是一個只專注自己事情的人……這點我老公倒是很像她。但忙歸忙，見到女兒或孫兒時也會問東問西，而且問的都不是那種敷衍的問題。」

「敷衍的問題？」

「一般來講，婆婆才不會好奇媳婦在做什麼，但我婆婆會發自內心的對我好奇，她會問我在看什麼書，書是什麼內容，讀後有什麼想法。」

「對喔，妳也喜歡看書，所以妳們才相處融洽吧。」

聽到朋友這麼講，蘭貞笑了。蘭貞的閱讀量很大，但她不知道怎麼解釋這輩子唯一一次，和寫了一輩子書的婆婆吵架的事。

蘭貞原本就很喜歡看書，雨潤生病期間，她的閱讀量變得更大了。隨著待在大學醫院的時間拉長，蘭貞的心更需要一個依靠。看著被病魔纏身的孩子，蘭貞實在很想放聲哭喊宣洩，但她不是那種性格的人，所以只能控制情緒，讓自己沉浸在另一個世界裡。就這樣，不停地閱讀成了蘭貞保護自己的方法。

雨潤康復後，蘭貞也沒有停止閱讀。她擔心女兒的病會復發或遇到其他不幸，所以始終沒辦法放鬆。她總是想先發制人，找出問題、追究問題、解決問題，但最後還是選擇了閱讀。她躺在沙發上，什麼書都看，一邊閱讀，一邊照顧孩子。爲了忍住不去天天檢查死裡逃生的孩子從頭到腳有沒有什麼異常，她只能把視線固定在書籍上。爲了樂觀和把精力集中在當下、爲了擺脫自我中心，沒有比閱讀更好的方法。但好不容易撫養長大的孩子卻飛去了美國。

我的女兒……每當蘭貞想念女兒時，她也會選擇閱讀代替哭泣。蘭貞不停地閱讀，就像堆積石塔許願的人，堆積起了書塔。書籍填補了女兒留下的空缺。

「像妳這樣讀了很多書的人，總有一天會寫書的。」有一天，不知爲何萌生出這種想法的沈時善女士對蘭貞說。

「不，我沒有寫書的想法。」

「妳看的書比我都多，不是嗎？既然有 Eingabe，自然就會有 Ausgabe。」

「嗯？」

「有 Input（輸入），就會有 Output（輸出）。這是很自然的。」

婆婆說話會用德語和英語，偶爾也會夾雜日語，她就像命理大師一樣預測起蘭貞的未來。她會在骨瘦如柴的手指上戴滿無人知曉含義的戒指，特意登門巡視蘭貞的書房。顯然，她是把蘭貞的書房和頭腦視爲一體了。面對這位走過殘忍到近乎窒息的二十世紀，且能夠使用多種語言思考的頑固婆婆，蘭貞不知道該如何圍起籬笆保護自己了。

「妳看了這麼多領域的書啊，妳喜歡這本隨筆集嗎？我認識這本書的作者，要不要認識一下？這是植物圖鑑？妳對園藝也感興趣嗎？韓國也需要有人寫這方面的書，雖然現在流行住公寓，但很快會有這方面需要的。妳要是想學習園藝就告訴我，明俊如果只讓妳待在家裡，我再找他談。我可沒那麼教育他，眞不知道是像誰，他爸也不是那種人。」

時善和兒子分別住在十分陡峭的坡路兩端，家人把兩棟房子間的坡路稱爲V字峽谷。雖然時善已年邁，但她依然可以毫不費力地往返於峽谷之間，到蘭貞的書房查看擺在書櫃裡的書。

她像解讀甲骨文般皺起眉頭：「雨潤生病、妳和明俊都辭去工作那時候，我還以爲妳會一蹶不振，明俊可撐不起這個家……但你們撐過來了。其實我心裡很不好受，看著那麼聰慧的妳和一點心眼也沒有的明俊……」

「那個年代只能那樣，雖然現在也沒什麼變化。」

也許是聽到了自己的名字，明俊悄悄推開工作室的門走了出來。蘭貞向明俊使了個眼色要他幫忙解圍，但不知道明俊是沒看見，還是假裝沒看見，就只是倚門站在那裡。幫不上忙的人，眞是可惡至極。

「寫什麼都好，妳就寫吧，到時我們再來物色出版社。當然，如果我直接出面不太好，到時候先不說妳是誰，直接把稿子寄給人家看看，怎麼樣？」

「媽，我沒有寫書的想法。我已經跟您講過好幾次了，您怎麼就是聽不進去呢？雨潤生病時，我很感激您在經濟上給予幫助，也知道您很在意我失去工作這件事。但我只是喜歡看書，沒有想寫書的意思。我不是您。」

「妳看了那麼多書、那麼多領域的書！不，不可能的，像書蟲一樣讀書的人遲早都會寫書的。」

「書蟲……」蘭貞環顧凌亂的書房，沒有立即否定婆婆的說法，但她很快就想到了反擊的話：「您不能這樣斷言，這世上沒有事情是可以輕易下結論的，而且不能相信妄下結論的人。這可是您在第四本書中用了一整個章節闡述的觀點啊。」

蘭貞一直記得當時沈時善茫然若失的表情，她望著引用自己書中觀點的媳婦啞口無言。雖然她絞盡腦汁想要推翻自己的觀點，最後卻像被抽乾了力氣一樣，癱坐在蘭貞的讀書椅上。蘭貞開始擔心這樣是不是太過分了，但爲了守護自己的領域，她也別無他法。

「妳居然贏了我媽，眞了不起。終於發現了有效的戰略！」

悶悶不樂的婆婆走後，明俊欣喜若狂的樣子，讓蘭貞心裡更不是滋味。

「你也不幫我解圍，就只會傻呼呼地站在那裡。」

「我怎麼幫？妳做得很好啊。就算是大姐恐怕都不敢這樣講。」

表面善良，其實就是個沒心沒肺的傢伙，被家裡人取笑也活該。明俊毫不在意妻子無情的評價，把自己發現的「有效戰略」傳授給了姐妹。自那之後，每當沈時善女士和子女發生爭執時，都要疲於回擊孩子們的「引用攻擊」。

「我講過那麼多話，怎麼可能都記得！我還不是爲了撫養你們，一群忘恩負義的傢伙……」

「媽，妳前年在報紙上寫過，絕不能期待從子女身上獲得任何回報耶。」

「閉嘴！」

沈時善偶爾也會突然暴怒，大發雷霆，她證明了有教養的人也不總是溫文儒雅。她精通外語，也會罵髒話。或許這兩者可以視爲相同的能力。

唉，好想婆婆。蘭貞覺得，儘管有時與婆婆相處很疲憊，但並不討厭婆婆，甚至還很喜歡她。這就是她們的婆媳關係。

「夏威夷？去夏威夷祭祀？」

朋友吃驚地提高了聲調，蘭貞早已飄到遠處的心這才收了回來。這種機械式的參與對話一直都是她很想改掉的壞毛病。

「嗯，但從他們家的家風來看，應該不是一般的祭祀。」

蘭貞與發問的人四目相對。

「妳也會去嗎？」

「雨潤也會去。」

聽到蘭貞這樣說，在座的人都露出同情的表情。

「妳可不要又在機場哭喔！」

「很難說。」

現在一年只能跟女兒見上一兩次面，未來如果運氣好，最多也只能見上三十幾次。若雨潤不打算回國，或者蘭貞不飛去美國……蘭貞把身體靠在椅背上心想，在這種情況下怎麼可能不哭呢？上次去見雨潤，蘭貞帶了六本非常厚的書，雨潤見了直搖頭，然後在網路上幫她訂購了電子書。現在是時候拿出來用了。雖然電子書很方便，有老花眼的蘭貞還可以調字體大小，但她還是喜歡在如同密林般的書房裡隨手拿起一本書來讀，所以一直沒有使用。看到包裝紙上寫著電子書可以下載一千多本書，蘭貞不禁心想，帶上這一千多本書，就可以忍受與大姑和小姑們的旅行了。

4

創作與自我破壞的慾望實屬同一件事，總是令我感到悲傷。二十世紀是一個殘酷的世紀，我親眼目睹很多人因難以承受殘酷的現實而放棄生命。聽說韓國的自殺率高過其他國家？韓國藝術家的自殺率可能更高。我的前輩、朋友和後輩……幾乎每隔一年就會失去一個人。我很清楚，他們都是敏感且美好的人，透過敏感的神經捕捉到真相。事實上，向這個堅不可摧的世界提出質疑的所有行為都與自殺相似。但儘管如此，我們還是失去了太多的藝術家。

我也想過放棄，不再留戀任何人事物。每當這時我就會思考，該如何繞開心中那條通往死亡的迂迴坡道，該如何把彎曲的彈簧拉直。雖然不知道修改自身扭曲的部分是否是一條成為優秀藝術家的道路，但可以肯定的是，這是成為存活的藝術家必須去做的事情。這些扭曲越是迷人，越是要除去附在表面上幼稚的幻想。沿著筆直的道路緩慢前行看似單調，卻也是必須選擇的艱難道路。

——××藝術大學特邀演講（一九九六）

明恩兄妹早就懷疑母親是自殺的，那是非常突然且巧合的死亡。沈時善女士生日當天，全家人共進了午餐，隔天凌晨她便去世了。誰會選在這種日子死掉呢？

那是在八月，一家人來到位於付岩洞經常光顧的中餐廳，大家圍坐在圓桌前，老舊的空調有氣無力地吹出冷風。時善流了很多冷汗，沒怎麼吃東西。即便看起來很吃力，但她還是能一個人走到餐廳，之後又走回家，所以家人都沒有太擔心她。

時善臨終時，守在她身邊的人是明恩。明恩根本沒有想到會發生這種事，那天她不是因爲捨不得與母親分開，而是在首爾沒有住處，所以當晚留在付岩洞的家中過夜。兄弟姐妹中，只有她一個人居無定所。明惠曾說，別人都選擇加法式的人生時，唯獨明恩選擇了減法式的人生。雖不知大姐是在感嘆還是指責，但明恩自己很滿意這樣的生活。家裡有很多空房，但幸好那晚明恩爲了睡前陪母親聊天，在時善的床邊鋪了張褥子。如果她睡在其他房間，根本不會聽到任何聲音。至於當晚聊了什麼，明恩已經想不起來了，因爲聊的都是無關緊要的瑣事。當時，明恩住在忠清南道西南部的扶餘，所以應該聊了些發掘寺廟遺址的事情。時善最後問起了T地。

「那裡應該離T地很近吧？」

「比起扶餘，離天安更近。您想不想去看看？我陪您去啊。」

「我的身體不行了。」

從那一刻開始，時善的呼吸變得急促。

「您剛才都沒吃什麼東西，不然我們去醫院吧？」

「不去，醫院去太多次了。」

見時善稍稍緩過來，明恩很快便睡著了。等她再次被呻吟聲吵醒，時善的狀況已經惡化。眼看母親難受得痛不欲生，明恩立刻睡意全無，隨之襲來的是猛烈的恐懼感。

「我去叫救護車。」

「不要，就讓我死在家裡。」

「但是……」

「不要叫，絕對不要叫。」

「那我叫大姐過來。」

「不，別打擾她，也別打擾其他人，讓他們睡吧。」

明恩不顧母親反對，打電話給大姐和弟妹們，但沒有人接電話。因爲時善剛過完生日，大家才會掉以輕心，誰也沒有想到她會在這一天走。

時善的手在虛空中揮了幾下，彷彿看到了某人。同樣的動作重複了幾次後，時善喃喃喚起某人的名字，但明恩聽不清是誰的名字。明恩握住她的手，想知道來接母親的人是自己的父親，還是京兒的父親，又或者是不認識的人。很多人來接時善，他們都是已故之人。

直到清晨五點，才終於連絡上明俊，時善的遺體被送往她平時常去醫院的殯儀館。早上七點，京兒一家人趕到醫院，睡前服用了安眠藥的明惠最晚才到。長女偏偏在那天服了安眠藥，明惠爲此事後悔了很久。

明惠見到明恩，哭著用力抱住了她。「怎麼會這麼突然……」殯儀館的冷氣開得很強，明惠的鏡框碰觸到明恩的臉頰時，明恩感受到了一絲涼意。明恩覺得應該向大姐解釋一下。

「是媽說不想去醫院，她堅決不去。」

「妳勸不動她的，一定勸不動。」

明惠傷心欲絕地哭完後，立刻扮演起稱職的喪主。因爲再過沒多久，來弔喪的人們便會如暴風雨般襲來，身爲長女的她必須高效地指揮現場。明恩把決策權交給大姐後，才終於得空盡情地傷心。明俊如同屬下般聽從明惠的差遣，京兒只能帶著年紀尚小的老二待在後面的小房間，她哭得最傷心。除了遠在美國的雨潤，其他幾個孩子都無需照顧，所以明恩才得以利用這三天時間，回想時善的事。

葬禮結束後，大家才起了疑心。這一切都太不可思議了。

「媽不會是吃藥了吧？」

明惠提出這種可能性時，明恩很想否認。

「妳在說什麼？媽那是典型的心肌梗塞，冒冷汗，加上消化不良……」

「那天早上，她該不會是吃了太多心臟病的藥吧？媽不是總像講口頭禪似的說，只想活到能自己走動爲止嗎？」

「不然就是該吃的藥沒吃。」

平時不怎麼插嘴的明俊也補了一句：「偏偏是在生日那天……」

「很多人都這樣，執著於數字，所以要堅持著一口氣到生日才閉眼。」

京兒不贊同姐姐和哥哥的這些猜疑。也許是遺傳基因的關係，幾個兄弟姐妹之中，京兒的頭腦算是最健康的。

「如果是心肌梗塞，一定非常痛苦。」

「忍受痛苦也算是自殺嗎？」

每次聚在一起，幾個人都會不由自主地聊起母親的死，但他們從不和自己的子女或姪女、姪子談起這件事，聚在一起也只是回顧母親當天的症狀和那段時間的一舉一動。按捺不住好奇心的京兒還私下去問了醫界的朋友。

「專家說那不可能。」京兒回來後得意洋洋地說，「最近的藥品都很安全，不是少吃一天或服用過量就會致死。」

「是喔。」

明恩始終記得當時明惠聽到那句話時，由暗轉亮的表情。

「媽不是會自殺的人，也許她沒有選擇遲遲不來的死亡，但那不等於是自殺啊。我相信她，怎麼你們這些親生的反而懷疑她呢？也太過分了吧！」

「原來不是自殺啊。」

「說不定我才是最好的女兒。」京兒咯咯地笑了。

她的笑聲終結了大家的疑惑。最後得出的結論是，時善只是爲了等到生日當天與大家最後一聚。雖然時善突然的離去給家人帶來不小的衝擊，但大家最終明白了這種突如其來的死亡也是一種福氣，也接受了時善用這種方式與大家告別。

「葬禮那幾天很辛苦吧？」

葬禮後過了一段時間，明惠突然問起，明恩一時未能明白她的用意。

「大家都很辛苦啊。媽也說過，早就該廢除這種三日葬了。最近很多人只辦一天，可能漸漸就會簡化了吧。」

聽到明恩的回答，明惠露出不置可否的表情。明恩這才明白姐姐的用意。

「妳是說在媽的葬禮上，只有我一個人沒老公、沒小孩？」

雖然明恩也看到家屬名單的電子看板上只有自己的名字，但她一點也不介意。

「姐，我要是在意這種事，就不會一個人生活到現在了。」

「我的家人也是妳的家人，知道嗎？」

「不，不是的。我不是冷酷無情，但我還是要說，雖然我很愛和秀、知秀，但我可不想成爲她們的負擔。」

「這話聽起來很冷酷無情啊。」

「如果能像媽那樣離開就好了，但最近看來這種福氣也很罕見。不過，無論如何都能找到方法的。妳放心，我會在死前好好活著的。」

「當年，如果那個人沒臨陣脫逃……」

「姐，跟那無關。」

明惠說的那個人是指明恩年輕時交往過、最後退婚的人。這麼久以前的事，明恩早就忘了，沒想到明惠又提起。當時兩家人見面後，男方父母才知道要結親家的人是誰，最後得出門不當、戶不對的結論。雖然男方父母很有教養地委婉退了這門婚事，但誰都知道他們是看不上這個在全世界惡名昭彰的女人生的混血兒。沈家因此鬧翻了天，人人憤怒不已。雖然當事人是明恩，卻沒人顧及她的感受。明恩沒有時善和明惠那麼生氣，她反而莫名感到很安心，之後也以這種平和的心態一直生活著。明恩顯然是這起事件的受害者，所以誰也沒有指責明恩。有別於現在，過去總要向身邊的人解釋爲什麼一個人生活，所以當人問起時，明恩都會毫不遮掩地提到被退婚的事。之後，明恩便把這糟糕的回憶忘在腦後了。

「走在街上，那些老頑固認出媽還會破口大罵呢。」看來明惠埋在心裡那條長長的導火線似乎燒了很久。

「姐，那些人現在大概也都入土了。」

「是啊，應該早死了吧。」

「幾天前，我在電視上看到割草機的廣告，那種廉價廣告，背景音樂『逼雍、逼雍、咚咚』，把長滿野草的墳墓和用割草機清理後的墳墓進行了對比，眞是有夠好笑。也不知道那墳墓是跟拍廣告的人有關，還是跟割草機公司的人有關，再不然就是隨便找了個墳墓幫人家割草。我都快笑死了。我心想，媽一定會很喜歡那廣告。」

「啊，我去打室內虛擬高爾夫球時，看到球場中間莫名其妙冒出來一個莊嚴的墳墓，也把我笑死了。我記得好像是龜尾市的一個高爾夫球場的三號球洞，明明沒有也無所謂的東西，他們非要……」

「墳墓這種東西……」

「我有時覺得很後悔，眞不該聽媽的話，應該給她弄一個墳墓。骨灰都灑到海裡了，讓我們去哪看她啊。」

明恩知道肩負重擔的明惠也有脆弱的時候，於是默默伸出手撫摸她的肩膀。

「幸好妳沒結婚，要是妳結婚又離婚的話，沈家的離婚率就高達百分之七十五了。」

「好吧，那就滿足於百分之五十，獨自一個人活下去好了。」

長女和次女回想過去十年，對不存在的墳墓也沒有心存遺憾。雖然以單調的方式度過了十年，但如今爲了紀念第十年，她們最終達成了共識。

5

嘴巴開始蠢蠢欲動，看樣子春天快來了。我那既小又沒打理的院子裡有一個水盆，鳥兒們會飛來洗澡。鳥兒們洗澡的樣子像極了小時候一邊用冷水洗頭，一邊嘻笑的孩子們。如今機靈又乖巧的老么也是國中生了，時間快得教人難以置信。

要說我那不起眼的院子裡有什麼值得炫耀的東西，應該就是那盆朱頂紅了。以廢木和壓克力板搭建的小空間根本無法稱為溫室，放在那裡的朱頂紅每年寒冬都會開花。盛放的紅花極為耀眼，凸顯著自己的存在感，以至於讓人無暇顧及別處。那盆朱頂紅本來不是我的，是老么的母親趙沫熙的，她把孩子和那盆朱頂紅一起託付給我，我細心呵護著那盆朱頂紅和孩子等她回來，她卻因意外客死在了他鄉。如果她能學成歸國就好了，但誰也無法預料世事，就算是好人也會遇到不好的事。

那時我們像簽約般握了握手，彼此的手是那樣結實，如今卻只剩我一人在遵守約定了。我連年看著那像印泥一樣盛放的紅花……孩子如今已經上了國中，活得很好，肩膀寬了，手也結實了。那朵紅花彷彿把這裡的消息傳到了某個地方。

——《園藝和 ××》（一九八四）

京兒趁奎霖和海霖去上學時，檢查了兩個孩子收拾的行李。雖然她讓孩子自己收拾行李，但還是放心不下，擔心他們會漏掉什麼。奎霖已經是高中生了，但做事還是讓人不放心，讀小五的海霖雖然做事嚴謹，卻是認準一件事就要做到底的性格。果不其然，奎霖沒有想到會游泳，只按天數準備了內衣和襪子，於是京兒又幫他多塞了幾件內衣。打開海霖的行李一看，裡面都是灰色T恤和帽T，還有兩頂黑色棒球帽。衣服下面還放了一個很重的望遠鏡。

「小傢伙的目的很明確嘛。」

雖然不知道老大喜歡什麼，但老二喜歡鳥，準確地說，她只喜歡鳥。兩個孩子的性格如果能各混一半就好了，但這也不是京兒說想就可以的事。京兒很想幫海霖換幾件顏色鮮豔、有圖案的衣服，但想到女兒會發脾氣，最後只好作罷。每當這時，她就會打給明惠。明惠在公司不能講太久的電話，但她們的通話次數卻很頻繁。

「姐，在忙嗎?」

「忙東忙西，最後清點了一遍，也聯絡了民宿的老闆。」

「海霖眞讓我傷心，她又帶了一堆暗色系的衣服。」

「唉，她還最喜歡灰色麻雀?」

「是山雀啦。」

海霖最喜歡山雀種類的鳥，雖說她也喜歡觀察其他種類的鳥，但一整年就只穿灰色的衣服，戴著黑色棒球帽。海霖說，這樣會覺得自己也變成了山雀。

「這孩子也太專一了，喜歡一些五顏六色的鳥多好。」

「唉，眞是擔心死了。她馬上就要升國中了，但對上學一點興趣也沒有，放學回到家直接把書包一丟，就跑去河邊。姐，妳下次見到海霖，摸摸她那手臂，天天舉著望遠鏡，練得還眞結實。」

「妳也別多想了，孩子也有喜歡恐龍的時候嘛……」明惠有氣無力地說道。

京兒感覺到大姐的語氣並不確切，不禁更難過了。

「孩子七、八歲以後就不喜歡了啊！老二是女兒，本想把她打扮得漂漂亮亮的，結果現在這算什麼啊……」

「我看報紙上說，給孩子穿衣服時不要區分性別，更有益於成長。」

「我也沒有要給她穿蕾絲裙啊，只是不想讓她一直穿灰色的衣服而已。我傷心的是，我明明是設計師，女兒卻對色彩一點也不感興趣。這世上還有什麼比色彩更美的呢？」

「只能說海霖像妹夫，不像妳。」

聽到明惠的話，京兒頓時啞口無言。雖然海霖長得像京兒，性格卻和她爸爸一模一樣。京兒的丈夫鄭寶根是一名研究薄翅蜻蜓的昆蟲學家，他爲了研究看似平凡、卻可以飛行七千多公里的驚人生物跑遍了全世界。令這位昆蟲學家氣憤的是，所有人只對帝王斑蝶的移動感興趣，相對的都不關心薄翅蜻蜓。他說這相當於以人類爲中心的外貌歧視。除了這件事，寶根幾乎不會對任何事情發火，從這一點看，他算是個不錯的伴侶。

起初發現海霖對鳥類感興趣時，寶根略顯驚訝，但很快接受了女兒的興趣，還教她如何觀鳥。問題出在海霖四年級時，與同學處不好，鬧出一些問題，老師還打電話給家長關切好幾次。只關心鳥類的女兒忍受著學校生活，寶根卻不擔心，爲此煩惱的似乎只有京兒一人，兩人的夫妻關係差點因爲海霖而出問題。

「不久前，我問她生日禮物想要什麼，她說想要食繭。我上網搜尋了一下，竟然是什麼貓頭鷹吐出來的氟化物。眞不知道她爲什麼想要那種東西！」

「妳買給她了？」

「沒有，哪裡有賣啊！坡州有一個貓頭鷹研究所，我帶她去那裡參觀了一下。」

「我現在都想不起來我那兩個女兒小時候要什麼了。」

「我最近常常想，要是媽還活著，一定能好好勸說海霖的。」

聽京兒這麼一說，明惠遺憾地嘆了口氣。

「媽去世時，海霖剛滿周歲，只有她不記得奶奶。」

「因爲她剛滿周歲，我也不能在殯儀館待太久，別人一定會說我是繼女，所以都不爲媽守靈。」

「唉，講那種話的人才有問題。不管別人說什麼，妳都是我妹，妳也知道在我心裡，妳和明恩是一樣的。」

「說實話，比起二姐，妳更喜歡我吧？」

「可以肯定的是，我喜歡妳更勝明俊。」

兩個人像小時候一樣呵呵笑了起來。失去親生父母，又失去沈時善女士以後，京兒徹底成了孤兒。直到現在偶爾想起過去的事，京兒仍覺得難以置信。雖然失去了父母，但她還有姐姐和哥哥，想到父親和兩位母親，京兒感受著與其他人不同的難過。但如果不是特殊的日子，這種難過不會影響到她的生活。

「話說回來，這次去夏威夷，說不定海霖會喜歡上別的鳥，那裡有很多五顏六色、花花綠綠的鳥耶。」

「我的人生，老公在追蜻蜓，女兒在追鳥。」

「奎霖呢？」

「奎霖還好，他是個容易滿足的孩子。」

「媽的祭日是在八月，正好奎霖和海霖放暑假。」

「眞的好久沒有家族旅行了。」

上世紀的家族旅行回憶從姐妹心中一閃而過，她們回想起擠在早已離開的人們駕駛的車裡吵吵鬧鬧的往事。

「海霖還問過我，她像不像奶奶，我一時不知道怎麼回答，現在想來，她們還滿像的。」

「是啊，也可能是靈魂很像。」

京兒聽到明惠肯定的語氣，露出了笑容，雖然電話另一端的姐姐沒有看到。如果七歲時還不懂事的自己哭哭啼啼非要跟生母走的話，那一切都不會像現在這樣了。在各種偶然之下，母親可能不會遇到意外，沈時善女士和父親也只會偶爾在逢年過節時相遇，說不定自己還會討厭姐姐和哥哥。小時候的京兒似乎也幻想過那樣的人生，但在走過這段誰也無法預測的時光之後，她再也無法想像人生其他的可能性了。

6

我駕駛貨車行駛在一望無際的高速公路上，正要去取斯科菲爾德營軍人要洗的衣服，順路也去取了甘蔗和鳳梨農場工人要洗的衣服。我最愛九十九號和八十二號公路，因為兩側不僅可以看到豐饒的農作物，還可以望到遠處的大海。落在引擎蓋上的陽光和夕陽總是讓人百看不厭，美麗極了。讓我感到神奇的是，就算工作再辛苦，視線還是會不由自主地看向風景。可能這就是人類的天性吧。在經歷一切困苦後，還是會被美麗的風景吸引。但我並不是每天都能欣賞到這樣的風景，只有在洗衣店工作時才有機會。與其說是洗衣店，倒不如說是洗衣工廠。司機休息時，我才有機會駕駛那輛貨車。出眾的駕駛技術是我的驕傲。

當車行駛到九十九號公路中間，我發現了把車停靠在路旁的馬緹亞斯·毛厄，一看就知道他不會修車，而且也沒有打算修車的意思，他正坐在汽車的後備箱上畫畫。當時我還被一種錯誤的想法捆綁著，認為畫家都天性善良、溫和。

「需要幫助嗎？我可以載你到有電話的地方。」我也不知道為什麼會向他伸出援手。毛厄把叼在嘴裡的菸熄滅後，放進隨身攜帶的白鐵菸灰缸裡。我這才後知後覺地感到害怕，但還是安慰自己，隨身攜帶菸灰缸的人應該不會是強暴犯。我駕駛那輛跟破鐵桶差不多的貨車，載著陌生的毛厄。毛厄看到我無聊時在收據背面畫的畫。

「妳畫畫嗎？」

「在來這裡之前畫過。」

毛厄是一個相信世界在給予自己暗示的人，也就是說，他相信世界在給予自己指引、方向和靈感。偏偏他的車子在景觀壯麗的公路上拋錨，而且願意伸出援手的人還是一個神祕的東方女子，甚至還會畫畫……因此，便可以理解毛厄為什麼要像收集旅遊紀念品一樣，將我占為己有了。在我停留夏威夷的日子即將結束之際，毛厄提議可以為我提供受教育的機會。二十世紀的女性被能夠提供教育機會這種話引誘，走上了無數條路，雖然有的路真的通往教育之門，也有通往深淵的危險之路。想到那些渴望獲得知識和教育機會的女性，不禁教人傷心落淚。我在不知道即將發生什麼的情況下，僅相信出現在報紙上的名人應該不是壞人，便賭上了自己的人生。

如果沒有跟隨毛厄，而是繼續留在夏威夷，我的人生又會怎樣呢？那時的移民者已經脫離了農場，各自憑藉一己之力勤奮耐勞的在小島上有了立足之地。我的人生也會和他們一樣嗎？我明明告訴毛厄自己來自哪裡，但他還是稱我為「夏威夷女孩」，他從來沒有尊重我和夏威夷人。

——《不知不覺被留到最後的人》（二〇〇二）

知秀被粗魯且執著的明惠吵醒，沒辦法，她只好比預定的時間更早爬起來。

「媽，拜託……我可是夜間工作者，妳就不能讓我睡到自然醒嗎？」

「半夜工作有什麼好炫耀的？趕快去叫和秀起床。」

知秀在床上賴了半天，剛走出房門便看到朴泰浩吃力地在用自己的胡桃鉗娃娃剝胡桃。那個胡桃鉗娃娃是當年沈時善牽著和秀與知秀的小手去看胡桃鉗芭蕾舞劇時買的紀念品，曾經放在兩個孩子枕頭之間的娃娃，最後被知秀占爲己有。娃娃的鼻子摔斷過，用強力膠補救一次後，沒想到時隔多年又遇到了危機。在那一瞬間，知秀看到娃娃臉上閃現的求救表情。

「住手，爸，你快住手。」沒想到一大早剛哀求完媽媽，轉身又哀求起爸爸。

「好像不行？」

「當然了。那又不是鉗子！那是劇院賣的紀念品！」

「但它是胡桃鉗娃娃啊，我只是想試一下它配不配叫這個名字。」

退休後的泰浩最大的樂趣就是到跑到離家一兩個小時遠的傳統市場，採買各種亂七八糟的東西。最近的戰利品是胡桃，雖然傳統市場賣的胡桃比超市還小又難剝，味道卻很香。知秀知道爸爸是懶得去找鉗子，看到凡事精明能幹，唯獨在這種小事上做出無謂嘗試的爸爸，知秀總是哭笑不得。

「別用整張臉笑，都長皺紋了。」明惠沒好氣地對咧嘴大笑的泰浩說。

「我爸笑得多自然，妳也太過分了吧。」知秀幫泰浩反駁了一句。

「我可是看中妳爸那張臉才結婚的，他那張俊俏的臉要是變成了河回面具[2]怎麼辦？」

「呃……別人要是這麼說妳，妳會開心嗎？」

明惠快速思考了一下女兒的話，沒有妥協。

「要是運氣好的話，妳爸那張臉還能再用二十年呢！我的意思是讓他省著點用。平臉不怎麼長皺紋，但像妳爸這種五官立體的人很容易長皺紋的……你得去打雷射除皺了。」

「還去？超痛的！上次人家見我喊痛，還在我手裡塞了一個彈力球。」

「只是雷射而已，有需要這樣唉唉叫嗎？我孩子都生了兩個了！」

泰浩從未反抗過明惠的指責和勸告，他覺得自己操縱飛機，明惠操縱自己，事到如今，這樣的人生也沒有必要改變了。泰浩年輕時做過公司的員工模特兒，所以也很難丟掉在乎外貌的虛榮心。知秀姐妹倆從小聽著父母的愛情故事長大，他們在拍攝廣告的現場相遇的情節充滿了戲劇性和激情。雖然姐妹倆腦海中想像的是浪漫的黑白電影，但現實生活中的父母總是可以讓美好的畫面嘩啦啦地破碎。

「你們那代人也太執著於外貌了吧，一對上眼就開始評論人家的長相。哪怕只有一天也好，妳就不能不在意這件事嗎？」

「妳這又是在哪看到的公益廣告？趕快去叫妳姐起床。」

知秀嘆了口氣，放棄說服父母。她踩著被露水浸濕的拖鞋，蜷縮起腳趾穿過小院，走向和秀家。

令知秀不解的是，和秀明明可以搬遠一點，但還是選擇住在父母家的雙併住宅。知秀很愛父母，但生活與愛無關，跟他們住在一起太累了，所以找到工作後就搬走了。雖然只是從一個小空間跳到另一個小空間，但知秀還是堅持要過獨立的生活，偶爾才回一次父母家。站在知秀的立場來看，和秀也和自己一樣覺得與父母生活很累，但和秀做出了不同的選擇，所以知秀才覺得不可思議。知秀剛敲了一下門，已經做好外出準備的尙憲便來開門。

「我姐呢？」

「好像不想起床。」

知秀也沒有想叫她起來的意思，爲了打發時間，知秀一屁股坐上了高腳椅。

「姐夫，吃早飯了嗎？」

「我不是吃早飯的體質，但還是跟岳母說我吃了……」

「知道了。我就說你吃得飽嘟嘟、拍著肚皮出門的。」

「會不會太誇張？」

知秀不是敏感型的人，但還是看得出尙憲從容不迫的笑容背後掩藏的焦慮不安。來機長家

2：用木材製作而成的面具，被指定為韓國第一百二十一號國寶。

裡吃飯的副機長，對機長的大女兒一見鍾情，最後還結婚了。可以說這是難得一見、沒有任何算計的浪漫良緣。尙憲憧憬著幸福美滿的婚姻生活，有些人在不能如願以償時會選擇放棄，知秀覺得姐夫應該就是那種人，所以她只能假裝不知情，故作從容地送走了像逃兵一樣出門上班的姐夫。

知秀走上樓梯，把耳朵貼在臥房門上，沒有任何動靜。爲了自然地叫醒和秀，知秀走到更衣室幫姐姐整理起行李。衣櫃裡沒有幾件夏天的衣服，知秀只好翻起房間裡的箱子。她一邊把太皺的衣服用蒸氣熨斗燙平、吹乾，一邊嘟囔著：「我可眞是一個好妹妹。」

和秀與知秀並不是很親近的姐妹。長大後看到身邊的朋友，知秀常常感到吃驚。姐妹都能成爲閨蜜嗎？雖然她們感情很好，但也沒有親近到可以取代閨蜜的程度。有的姐妹無論走到哪都會挽著彼此的手臂，低聲細語地交談；有的姐妹穿著款式相同的衣服，還會交換鞋子穿；有的姐妹打得不可開交，又會馬上和好如初；有的姐妹每天分享彼此的日常，每年還會結伴旅行。無論是童年還是成年後，這樣的姐妹的感情始終很好。但和秀與知秀是例外，知秀反而和雨潤更親近。

和秀做事中規中矩、井然有序，而且很有責任感。有的人被選爲班長看的是人氣，有的人是能力，和秀屬於後者。無論大大小小的活動，和秀都會負責管理經費，所以後來就攻讀了企業管理系，畢業後就職於公司經營支援部也是順理成章。

與和秀相反，知秀唸書時擔任學藝股長，大家都會充滿疑惑地問：「妳就是和秀的妹妹嗎？」二〇〇〇年代初期，都是男生擔任學藝股長，唯獨知秀的班選出她。明惠提到二女兒常說：「我們家知秀雖然不可靠，也不能把什麼事交給她，但這孩子從小就很搞笑。」雖然大家不願意把錢交給知秀管，但很喜歡把時間交給她。

姐妹倆很不同，也因爲不同，所以很少發生衝突。她們也覺得很神奇，同樣的遺傳基因和成長環境，彼此卻能如此不同。和秀看到在學校慶典上打扮怪異、大跳亂舞的知秀，覺得很傻眼；知秀看到和秀像經營小店的老闆一樣，按部就班的畢業、就業、結婚也覺得很無言。和秀的興趣眞的就是走進一家店裡，觀賞充滿活力、有條不紊的經營方式。

每次想起那件發生在姐姐身上、讓她停止正常運作的事情，知秀都會得出無法理解這個世界的結論。既然降生在這個世界上，那就應該活下去，但她還是無法理解這個世界。世界都這麼糟糕了，怎麼還能維持到現在呢？知秀的腦海漸漸被這些問題占據。

以前知秀常會問朋友：「我很糟糕嗎？」

「不會啊。」

「那我一塌糊塗嗎？」

「沒有啊。」

朋友們總是給出否定的回答，但知秀並沒有百分之百相信。最近她不再問這樣的問題了，因爲她找到了藉口，世界都這麼糟糕了，自己才會一點一點地變得糟糕。現在想來，像和秀那樣的人都活得太努力、太規矩了⋯⋯

知秀希望自己能成爲和秀與世界之間的緩衝，像是氣泡紙、人行道與車道間的花壇、貼在車門上的保麗龍防震墊。連家人都不知道該如何對待和秀，當全家人異口同聲說出「眞是萬幸」時，氣氛簡直可怕至極。

「沒有傷到眼睛，眞是萬幸啊。」

「及時接受了治療，眞是萬幸啊。」

「那傢伙再也不能傷害妳了，仔細想想這也算萬幸啊。」

大家的話沒有惡意，但最終激怒了靜靜聽著的和秀。當時，唯獨知秀沒有感到驚訝。

「沒有眞是萬幸這回事，你們怎麼能說出這種話呢？誰再提這四個字，就別想再見到我，到死也不要再見面了。」

就這樣，「眞是萬幸」成了家裡的禁忌語。家人覺得很難與和秀搭話，於是把目標轉向了知秀。

「妳姐要是沒流產，小姪子現在應該出生了。」

「是啊。」

「妳不想那孩子嗎？」

「見都沒見過，有什麼好想的。」

「這事想一想可眞慘。」

「懷孕初期流產是很常見的事，你們不要再提了。你們是希望她跟電視劇裡的女主角一樣嚎啕大哭嗎？什麼慘不慘的，根本沒必要那麼想。」

「他們沒再繼續嘗試嗎？」

「要不要孩子也是姐姐自己決定的，你們千萬不要去問她。」

知秀要擋下這些不恰當的問題，以免傳到和秀耳裡。她就像性情豪放的守衛一樣守在入口，擋下不速之客，以免他們打擾到高喊沒有萬幸這回事的和秀，繼續沉浸在沉默和睡眠之中。得知和秀願意去夏威夷時，大家都很吃驚。知秀原本心想，應該嘗試說服她，或者阻止執意勸說她的家人。如果自己和姐姐是那種挽著手臂無話不說的姐妹，是否就能更了解她在想什麼呢？如果是那樣，自己是否就能扮演守衛以外的角色呢？

知秀希望夏威夷能張開雙臂歡迎姐姐。

7

一棟位於德國杜塞道夫柯內留斯街的建築在擴建過程中，發現了馬緹亞斯·毛厄未公開的八幅作品，其中包括畫家美洲旅行時創作的素描和未完成的風景油畫，一幅完成作品的背面寫有標題〈My small perky Hawaiian tits〉。據推測，該作品中的人物是畫家在美洲旅行途中結識的沈時善。其他作品經復原後，將於K20特別展出。

——《美術 ××》，海外快訊（二〇〇九）

家人知道嗎？奶奶的肖像畫經過漫長的旅程抵達了檀香山藝術博物館。說不定這次全家可以一起去看展。雨潤對那幅畫的感觸很特別，雖然之前在照片裡見過，但還是很想親眼看一看。最初聽聞發現那幅畫時的記憶是那麼栩栩如生，教人難以忘卻。

剛進入梅雨季，雨潤穿著帆布鞋出門，鞋子很快被雨水浸濕了。她穿著灌滿雨水的鞋走了很長一段路，由於腳磨破皮了，每踏出一步都可以感受到雨水和血交融的感覺。

回到家洗好腳，正打算塗藥膏時，知秀打來。

「發……發現了奶奶的畫。」

「什麼？」

「發現了奶奶的裸體畫。家裡鬧翻天了。可能是上週《圖片報》和《明鏡》報導的關係，現在奶奶家都是從德國來的基金會的人和記者。」

「那個人畫的？」

雨潤跟不上知秀的脈絡，又問了一個問題，電話另一頭的知秀提高了嗓門。

「不是他還能是誰。我給妳連結，妳去看。」

點開連結一看，果真是奶奶。畫中的奶奶頭稍微向後仰，以非常不優雅的坐姿坐在比自己更大的安樂椅上。想到畫中的奶奶以同樣的姿勢過了半個世紀，雨潤竟然笑了出來。畫中的奶奶一絲不掛，脖子上卻圍了一條帶有光澤感的奇特青綠色毛圍巾。

「啊，我在奶奶家的閣樓見過這條圍巾，但毛已經很稀疏了。」

畫中的圍巾呈現出近似閃光的青綠色，但親手摸過那條圍巾的雨潤知道圍巾是尼龍材質的。背景經過虛影處理，落在窗邊的兩隻小鳥也只畫出了輪廓，只有奶奶非常清晰。如果畫得模糊一些，就認不出是奶奶了。

「偏偏是M&M誕辰一百週年。」

「奶奶有什麼反應？」

「她不讓我媽和阿姨們過去，是因爲害羞嗎？」

「奶奶不是會害羞的人。」

「那妳去一趟吧。」

「爲什麼是我？」

「妳和她最好啊，而且她對妳最親切。」

雖然平倉洞與付岩洞距離很近，但那段上坡和下坡可不是開玩笑的。雨潤很想教知秀畫一條等高線，想想雨天的路有多難走，但話到嘴邊還是吞了回去。

該穿什麼鞋出門好呢？帆布鞋好似一隻溺水而亡的動物蜷縮在玄關，雨靴也不太適合走坡路。沒辦法，雨潤只好找出高中時在教室裡穿的Nike拖鞋，可是拖鞋也不適合走坡路。臨出門前，雨潤拿了一把高爾夫傘。

邊走邊調整呼吸的雨潤思考了一下那幅畫的標題，〈My small perky Hawaiian tits〉，怎麼可以把奶奶稱爲乳房呢？這也太過分了！可能就是因爲這樣，奶奶才不喜歡馬緹亞斯·毛厄。雨潤聽姑姑和爸爸說，毛厄會施暴，他在不安狀態時，曾不只一次傷害過奶奶。那個人死後，奶奶有覺得解脫了嗎？還是覺得他像詛咒一樣如影隨形呢？

奶奶在德國生活了七年左右，之後又活了將近半世紀，但無法理解的是，世人都忽略了她的後半段人生，只把毛厄描寫的好像是她一生中唯一的眞愛。儘管奶奶反覆強調那不是愛，而是像發條玩具一樣的關係，但人們還是不負責任地編造故事。

「知名度很容易歪曲所有的眞相。」

直到最後，奶奶也沒有擺脫這種困擾。

雨潤一家人常用「M＆M」稱呼馬緹亞斯．毛厄，這不是帶有愛意的暱稱，而是爲了貶低他的權威。身爲戰後德國美術巨匠之一的毛厄，在事業巔峰時自殺身亡，成了有著悲慘命運、被人們緬懷的藝術家。人們緬懷毛厄的同時也不斷譴責時善，認爲她是促成毛厄選擇自殺的主因。因此雨潤一家人在提到M＆M時，才會如此反感和厭惡。

「她不願意開口耶。」

那天，雨潤無意間聽到從奶奶家走出來的人這樣說道。關於毛厄的事，奶奶就是不想說，而且總是很冷漠。我奶奶就是這樣，雨潤偷偷笑了。雨潤站在門口，等十五個人陸續走出來以後，才悄悄走進去。有人向她投來詫異的目光，似乎把她當成了工作人員。

時善總是素顏，披著一件披肩坐在地上，看到雨潤走進來，指了指餐桌。餐桌上放著蘇打餅乾和果醬。奶奶靠這種食物解決三餐已經有一段時間了，雖然大家都很擔心她的血管健康，但她的脾氣可不是普通的倔強。

「您打算去德國嗎？」

「我這把年紀還搭飛機，搞不好會送命的。」

「您不想看看那幅畫嗎？」

「唉，我偶爾也會想那幅畫在哪裡，沒想到在我死前竟然浮出了水面。」

「奶奶很漂亮耶。」

時善呵呵笑了。雨潤看過幾張時善住在夏威夷和杜塞道夫時的照片，照片中的奶奶很美，但與畫中的感覺又不太一樣，光從電腦上看到那幅畫，便能感受到活力。畫中的奶奶感覺與和秀年紀差不多大，又或者比和秀大幾歲。雨潤偶爾會很好奇，如果與那個年紀的奶奶相遇，還會變得這麼親近嗎？

「您的腿還好嗎？」

時善沒有回答，而是伸出手來，雨潤笑著走過去扶起她，讓她坐到椅子上。雖然時善的身體已經大不如前，但還沒有到行動不便的程度，不過她偶爾還是會這樣跟孫子們撒嬌。時善的孩子的孩子也都繼承了她那結實的腳踝和膝蓋，知秀總會抱怨說大家都是蘿蔔腿。時善聽了後狠狠地訓斥她說，我把這雙能跑遍五大洋六大洲的腿傳給了你們，竟然還說這種屁話。

「等我不能一個人住在這裡時，我就要絕食尋死，到時候你們都不要太傷心啊。」

時善獨自住在付岩洞上坡盡頭的老房子裡，畫家、雕刻家、攝影師、古典音樂演奏家、盤索里說唱家、作家、演員和舞蹈家經常會聚在時善家。過去的事情聽多了，雨潤也可以想像出那些人進進出出的畫面，彷彿還能看到他們猶如幽靈般的輪廓。家人經常會聊起一件趣事，大姑姑很討厭一個常來作客的叔叔，因爲他每逢週末來的時候都會吃光零食。但有一天，她在大女兒的課本上看到了那個叔叔，著實嚇了一跳。

「每個人的領域都不同，怎麼可能成爲朋友呢？」

「窮苦年代，很少有人搞藝術，所以大家都認識。都是一群貧窮但非比尋常的人。現在活著的已經沒有幾個了，就算還活著也都臥床不起了。送走朋友是一件很可怕的事，妳不會明白那有多可怕。我現在反倒很羨慕那些年輕時就死掉的人。」

雨潤知道當奶奶提起傷感的往事時，自己只要聆聽就好。雨潤打開冰箱，看到裡面有鮪魚、橄欖罐頭、玉米、蝦、美乃滋、番茄、雞蛋和干貝，於是她烤了干貝，但沒把烤干貝端上餐桌，而是和時善並肩坐在沙發上吃光了。

「幾年前，我吃章魚壽司時差點噎死，那黏糊糊的吸盤黏在了食道上。在場的人差點給我用那個哈姆立克急救法。我這食道也老化了。妳也小心點，年輕人吃章魚壽司也會噎死的。」

時善牽著雨潤的手來到化妝臺，翻了半天抽屜，找出一條細細的翡翠項鍊送給雨潤。不只雨潤，時善見到其他孩子也會這樣。她給孩子們的忠告都是關於生活的，而不是人生的，此外還會再送一件飾品。雨潤覺得奶奶的品味比媽媽和姑姑們都好，所以經常佩戴。姑姑們常抱怨怎麼都不送女兒，都給這些孩子。雨潤心想，這可能和學校隔屆的前後輩關係更好是同一回事吧。

「這是什麼時候買的？」

雨潤也很愛聽時善講與飾品有關的故事。

「七十幾年前了吧，妳爺爺給我買的。」

「如果沒遇到他，會怎樣呢？」

「遇到誰？」

「不管是誰。」

時善漫不經心地整理化妝臺，一邊想像著不曾發生過的事情。

「如果沒遇到毛厄，我會一直待在洗衣店吧。但總有一天我也會擺脫洗衣店，不過那可能需要幾年的時間，之後應該也沒有求學的機會。我可能和其他移民者一樣做出一番事業，然後幫助下一代受教育。憑藉一己之力是很難做到的，所以從這一點來看，我並不後悔遇到毛厄。透過痛苦的方式——即使痛苦很強烈，但最終還是踏入了原本遙不可及的世界。後來，你爺爺約瑟夫·李從毛厄手裡救了我……但毛厄死後，他的陰影漸漸模糊的同時，我和你爺爺的感情也淡了。如果沒有你爺爺，我應該很難擺脫那種困境。洪洛煥是與我志同道合的人，後來我們相愛了。我們原本想確認這份愛可以持續多久，但癌症拆散了我們。如果要遇到，這三個人都應該遇到，不然就都不會遇到。」

雨潤可以從資料中了解毛厄，但關於約瑟夫·李和洪洛煥的記憶卻十分模糊。特定年齡前的記憶很容易消失這件事令雨潤很失落，從父母口中聽到的事彷彿變成了自己的記憶，但細究起來那些記憶並不屬於自己。雨潤希望擁有至少與和秀、知秀相等的記憶，但她們差了好幾歲。或許是出於這種原因，三個孩子裡雨潤最擔心時善會離開，她總是坐立不安地想著那件理所當然會發生的事。

那天，雨潤找了幾支動物的影片播給時善看。時善很喜歡孫女播的那些影片，特別是搖頭擺尾的皇冠鸚鵡和躲避捕食者的沙丁魚群，她們並肩坐著，反覆看了兩、三遍。

「若有來生，我希望可以變成鳥兒或魚兒般輕盈的靈魂。」

雨潤又為時善讀了一些書和雜誌。時善的老花眼鏡雖然外表華麗、鏡片也夠大，但鏡架早就變鬆了。

「妳要留下來過夜嗎？」

雨下了一整天，現在外面的雨聲才漸漸轉小。

「我也想，但媽媽煮了乾菜飯，不回去吃她會傷心……」

「乾菜？」

「突然很想吃乾菜飯。」

「妳什麼時候回芝加哥？」

「兩個星期後。對了，奶奶，我打算放棄雕塑。」

「什麼意思？」

「這樣講或許有點奇怪，但我覺得自己只會雕怪物，其他什麼都不上手。這好像是我的一個怪才能，所以我打算去ＬＡ做概念藝術家。」

「那是什麼？」

「設計電影裡的怪物。」

「有設計出成品了嗎？」

雨潤滑了半天手機，給時善看了幾張照片。

「唉唷，好可怕。不過我如果覺得可怕，就表示妳的設計很成功嘛。藝術本來就是這樣，比起藝術，跟藝術沾邊的才更有趣。我之前也這樣。」

雨潤心想，奶奶講的之前未免太過去式了。雨潤站在玄關輕吻了一下時善的臉頰。輕吻要吻在臉頰，輕輕地、用乾的嘴唇，這也是時善教雨潤的。

「下次什麼時候回來？」

「機票太貴了，冬天應該不會回來，明年會回來的。出國前我會常來看您的，明天我和爸爸一起過來。」

「等明年妳回來時，眞不知道我還在不在了。」

「您不要這樣講嘛。」

時善眞的在雨潤回國前走了。時善在雨潤未能參加的生日宴上祝福了每一個人，然後在幾個小時後……雨潤也沒能參加葬禮，但她覺得沒關係，因爲奶奶不是一個注重葬禮的人，她討厭所有與「禮」字有關的詞。新女性，我們的新女性，我們的根。雨潤靠在尚未完成的怪物雕塑的鼻樑上哭了很久。

十年過去了，雨潤獨自一人坐在從ＬＡ飛往夏威夷的機艙內，身旁的座位空著，彷彿奶奶就坐在那裡。眼淚靜靜流了下來，雨潤故意看向窗外，她的脖子上戴著時善送的那條項鍊。

8

我第一次搭飛機是飛往法蘭克福。毛厄說杜塞道夫離法蘭克福很近，為了幫我備齊文件，他只好讓同行的人先出發。那些人先走了，我卻忘不了他們臨行前嘲笑我的嘴臉。在飛機上，我和毛厄的座位也是分開的，我看著他那高出椅背、滿頭鬈髮的腦袋心想，這一切真是太瘋狂了。我的胃抽痛得很厲害，什麼也沒吃，到了中途停留的地方才吃了一點東西，但飛機再次起飛後，我全吐了出來。以前的飛行很不安全，經常發生墜機事件，但人們還是天天搭飛機，現在回想都難以置信。

——《如今走過的十字路口》（一九九一）

出境大廳擠滿了背著大鏡頭相機的人。

「這些人都是去觀鳥的嗎？」海霖自言自語著。

知秀覺得這樣的海霖可愛死了。

「好像是記者吧。」

知秀猜對了。那幾個人爲了拍攝惡名昭彰的國會議員出訪美洲的畫面而舉起相機，但很快隨著偶像團體出現後，更多人舉起相機如同一團黑雲般，隨之移動而去。

「妳可以跟同學炫耀說看到明星了耶。」

「但我不認識他們。」

「不認識？奎霖，你呢？」

奎霖也搖搖頭。其實知秀自己也不認識什麼偶像，她還以爲兩個孩子都認識，所以才沒向那群粉絲打聽。

在仁川飛往夏威夷的飛機上，因爲座位安排出現了小混亂。明惠和泰浩坐在一起，尙憲幾天後才會飛來與他們會合，原本知秀打算跟和秀坐在一起，但和秀想跟明恩坐，所以她只好去找海霖。明俊和蘭貞、京兒和奎霖並排坐在中間的四個座位。

「海霖竟然聽知秀的話。」京兒驚訝地說。

「阿姨，妳幹嘛那麼大驚小怪啊？」

「哪有，我才沒有。」

「語氣也太明顯了吧。」

知秀也知道無拘無束、性情奔放的自己不適合當小學生的榜樣，但當海霖溫暖的小手帶著無條件的信任握住她的手時，知秀的心情好轉了。孩子可以無條件的信任大人，這讓知秀覺得很神奇。

只有寶根一個人留在韓國，因爲他要負責管理每家每戶的花盆。

「有的花盆是我媽留下來的，算算都快超過三十五歲了呢！萬一養死了可不行。你是昆蟲學家，所以才把這麼艱鉅的任務交給你。」從出發十天前開始，京兒就開始嚇唬寶根。

「這領域也差距太大了吧……」

「我可沒跟你開玩笑。每家都列出了重要事項，你只要照辦就好。」

就這樣，寶根知道了明惠、明恩和明俊家的玄關密碼，都是沈時善的生日。

「搞什麼，這豈不是一家被盜、家家被盜，三家接連被盜都不奇怪。等回來以後，你們都改一下密碼。」明恩提議。

「要改妳自己改，我可不改，反正我家也沒什麼値錢的東西。」明惠撇了撇嘴。

「我要改密碼。」

因爲正在修復作品，警戒心很強的明俊當天便重設了密碼。蘭貞覺得丈夫有點大驚小怪，但也沒有阻止他。

「這麼久不在家，還眞有點放心不下。」

「飛行時間那麼長，總不能去一下就回來吧。」

蘭貞打開電子書，沒有理睬上了飛機後一直焦慮不安的明俊。兩百多克重的電子書拿在手裡很輕，手腕絲毫沒有負擔。蘭貞突然冒出一個莫名其妙的想法，過去用推車拉書的人要是知道後人發明了這種東西該有多生氣呢？出生在對的年代的人是幸運的，但很多人並非如此，幸運怎麼可能超越厄運呢。

「我真該把詳細的內容整理出來寫在筆記本上，寫下修復到了哪裡，把每個階段都寫下來。萬一飛機墜毀……」飛機一遇到亂流，明俊就開始碎碎念。

「拜託你隨便找點什麼看吧。」蘭貞連頭也沒抬地說。

如果不想思考死亡，唯有閱讀，這是能夠對抗死亡最簡單的方法。她很希望可以和認同這個觀點的人通霄聊書。

飛機剛起飛，和秀便睡著了，直到遇到亂流才醒，她問明恩：「阿姨，妳最近在做什麼？」

和秀使用敬語讓明恩很在意。這孩子之前也沒用過敬語啊，其他孩子和自己講話也不會使用敬語，但不知從何時起，和秀講話參雜起了敬語。

「最近發現了一尊地藏菩薩，正在處理它。」

「喔。」

「給妳看照片？」

和秀點了點頭。明恩拿出設置成飛航模式的手機，點開相薄。

「如何？」

「頭好大喔。因爲是以前的人做的關係嗎？」

「不是，那個年代手藝好的人也做了很多了不起的東西。比例失衡，是因爲不是出自傑出的匠人之手。這尊不知道是誰做的。」

「那個人一定不會想到幾百年後會受到這麼嚴酷的評價。」

「這尊佛像已經快千年了呢。」

和秀聽到千年兩個字，挑了挑眉毛。明恩心想，姪女使用眉毛的方式和姐姐好像。

「妳知道地藏菩薩原本是女神嗎？」明恩希望和姪女多聊幾句，不停搭話。

「看起來很像大叔耶。」

「嗯，但聽說原本是印度的大地女神，後來被吸收成了男人。」

「視線爲什麼會這樣處理呢？是在看哪裡？」

和秀用手指將照片放大。

「因爲菩薩放心不下那些尙未度化的衆生，所以回首一望。我和同事看到有人想獨挑大樑、負責所有工作時，就會開玩笑勸他別活得跟地藏菩薩似的。」

但明恩沒能逗笑和秀，氣氛有些尷尬。

「奶奶在世時，好像也常常讀佛經。她是佛教徒嗎？」

「那些佛經現在都在我家。她不是佛教徒，只是喜歡那些古老的文字，喜歡讀那些人們口耳相傳、記錄下來的文字，因為覺得可以平撫心境。她也讀聖經，但只讀自己喜歡的內容。」

「平撫心境？」

「嗯。」

「讀佛經心就會變得舒暢嗎？」

「佛經是在前近代寫的，雖能從中獲得慰藉，但也會惹一肚子氣。不過生氣歸生氣，還是能安撫內心。這都是必然的。妳想讀的話可以拿去。」

「不用了。」

片刻過後，和秀閉上了眼睛，明恩知道她沒有睡著。即使是這樣，她也很感謝姪女先開口努力試著和自己聊天。

＊＊＊

海霖講了半天關於鳥的事，然後輕輕打起呼嚕睡著了。海霖緊閉雙眼，一隻眼睛從眼皮到眉毛長著一塊紅色的胎記，就像有人開玩笑用拇指按上去的紅印。明惠和京兒講電話時，知秀在旁邊也聽到了去年海霖在學校發生的事。難道是因為同學取笑她的胎記嗎？但那塊胎記並不難看，而且睜開眼睛也幾乎看不出來啊。

海霖還不知道和秀之前發生的事時，曾問起和秀的傷疤：「咦？和秀姐身上也有胎記耶，我怎麼都不知道。」知秀清楚記得當時微妙的氣氛。如今，海霖已經什麼都知道了。

「姐，借我手機聽歌。」奎霖去上廁所回來時，走到知秀面前伸出手。

知秀解鎖手機後遞給奎霖說：「喂，這裡面可是我下次演出的選曲，是你我才給你聽的，別人根本別想。」

「知道了。」奎霖認真地點點頭。

知秀覺得，京兒阿姨有奎霖和海霖作伴一定很有趣。

知秀戴好飛機上的耳機，換了幾個頻道。雖然音質很差，但她覺得每天發現一首新歌就是完美的一天。還有六個小時的飛行時間，知秀還有充分的時間發現新歌。

9

《普賢行願品》的第五大願「隨喜功德」總是令我感嘆不已。簡單來說，就是我們見到別人的善舉以及成就後，要發歡喜心，以歡喜心去隨喜他人。但人真的會有這種不嫉妒他人的心嗎？

置身於文化領域，我時常產生嫉妒之心。垂涎於他人傑出的作品，嫉妒他人沒有坎坷的人生……雖說嫉妒是推動文化領域的動力之一，但很多情況下，嫉妒會成為毒藥。我希望擁有一顆不嫉妒他人的心，這大概是毫無扭曲、光明正大的人才能抵達的境界，凡夫俗子最終無法抵達這種境界，但我還是想把它作為目標。

我越是思考，越覺得這個目標很棒，甚至想把女兒的名字取為隨喜。希望這個名字可以讓她擁有一顆明亮的心、燦爛的笑容，但要再生一個隨喜已經來不及了。

——《月刊佛教××》，作家的經書（一九七八）

距離飛機著陸還有兩個小時，明惠作了個惡夢。不知爲何，夢中的自己仍處在未能擺脫第一次婚姻的狀態。

在夢中，她與對方大吵：「你憑什麼說我家人遭遇的事情沒有發生過？你有什麼資格這麼說？」

「妳也沒在現場啊！妳又憑什麼肯定眞的發生過這種事呢？」

那個人是明惠的初戀，兩個人互通書信了很長了一段時間，有時也會見面。明惠厭倦了大家族的生活，所以決定嫁給那個職業軍人。現在看來，明惠算是早婚，但在當時，二十三、四歲結婚是很平常的事。儘管明惠很愛母親，但她還是覺得母親沒有照顧弟妹和這個家。身爲長女的明惠感到身心俱疲，再也無法忍受家中混亂的狀態，於是選擇逃離付岩洞的家，自立門戶，只爲照顧好自己。

「好吧。看來是我太過依賴妳了。既然妳有信心，那就結吧。」

時善沒有反對這門婚事。樸素的婚禮過後，明惠便搬進了軍人的公寓。雖然有傳出明惠是未婚先孕的耳語，但看到她沒有退學後，傳聞便也消失了。新婚初期，兩個人像扮家家酒似的過得和樂融融，但突然有一天，大吵了起來。

「警察和軍人怎麼可能胡亂殺人呢？這怎麼可能？這都是赤色分子[3]編造的。」

「他們把屍首都埋在荒山了，我外公、奶奶和叔叔都被埋在荒山裡。」

「肯定是誤會啦。只要去調查的話，一定不是妳說的這樣。」

韓戰爆發後，沈時善跟隨表哥夫妻提早南下避難，家中其他人為了與從漢城和義州趕來的兄弟姐妹會合，延遲了出發時間，但在那些親人趕到前，鄰居告發沈家的老二沈時哲是從日本留學回來的共產黨間諜，結果沈家人和村民都被誣陷成叛國者，被拉到山上槍斃了。據稱，這場歷時三天的屠殺埋掉了三十人，也有一說是七十人，沒有人知道具體的人數。

沈時哲從未表明過自己的政治立場，之後人也下落不明，也不知道他與告發自己的鄰居結過什麼怨。沈時善聽聞噩耗是在一四後退[4]的時候，從村裡逃出來的人告訴她千萬不要回去，那裡只剩下被燒毀的房子，回去只有死路一條，那些人就算不殺她，也會把她折磨至死。

「因為太痛苦，所以我媽現在也不敢提那時候的事。」

「岳母一定是搞錯了。戰爭中發生了什麼事，她怎麼知道？一定都是北韓軍人殺了人後捏造的。」

後來，表嫂幫時善計畫移民夏威夷的事。戰爭結束後，無家可歸的時善收到了一封國際信件。不知道表嫂這樣做是為了在苦難時期給家裡減少一張吃飯的嘴，還是覺得不能把親戚當傭

3：泛指支持共產、社會主義的人。在軍政統治時期，北韓出身、華僑、參與學運、追求民主化運動的人士經常被指為赤色分子。

4：一九五一年一月四日，朝鮮人民軍占領首爾，居民跟隨韓國軍南下撤退。

人使喚，時善沒有問原因，欣然地接受了。

先移民到夏威夷的人說，鄰居家有一個罹患結核病的男人怕是活不久了，如果肯做那個男人的照片新娘[5]，就可以躲過嚴格的移民法。起初時善很擔心這種婚姻生活，所以猶豫了一下，沒想到一切都是杞人憂天，那個男人在時善抵達夏威夷前兩天就死了。

當時，必須找一個和那個男人看起來很像的人去碼頭接時善，如果丈夫不來接人，時善就無法離開出入境管理局。時善後來回憶，自己能順利入境多虧當時的攝影技術和行政系統很落後。時善一直很想查清楚表哥返回T地後發生了什麼事，家人都被埋在了哪裡，但僅憑一己之力很難調查清楚，再查下去恐怕她也會陷入危險。表哥在信中告訴時善，回去後一無所獲，只看到了人們凶神惡煞的眼神。這就是時善家的歷史。

第一任丈夫除了在這件事與明惠存在意見分歧，沒有其他問題，但明惠再也無法愛他了。明惠恨不得一巴掌打在他那張否認時善一家人遭遇的嘴上，恨不得把家裡的東西都摔碎，恨不得發瘋似的扯爛衣服。在化解這些憤怒的過程中，感情也隨之消逝。第一任丈夫不是無法溝通的人，卻一再否認時善幾次忍痛向子女講述的歷史。明惠再也無法和這樣的人生活在一起了。明惠收拾行李回家時，家裡誰也沒有勸她不要離婚。遇到泰浩則是幾年後，就職於繼父公司的時候了。那時的明惠沒有辦法想像能夠像現在的年輕人一樣獨自生活，所以選擇了再婚。

泰浩見明惠醒來時流了很多冷汗，遞上剛才幫她拿的水。

「冷嗎？我的毯子給妳？」

夏威夷島終於顯示在畫面中的地圖上。

＊＊＊

「爲什麼租了三輛車啊？」明俊辦理租車手續時，詫異地問。

「我在解釋的時候你有在聽嗎？」

「有解釋過嗎？」

蘭貞戳了一下丈夫的手臂。明惠比起明俊，總是更喜歡蘭貞。

「我們不是團體旅行，是各自行動，所以每家一輛車。」

明惠預訂了三輛實用的小型混合動力車，兩輛白色，一輛紅色。幾個人站在距離她很遠的地方嘟囔，都來美國了，怎麼不訂豪華的大型車呢。三家人駕車前往住處，民宿距離檀香山市區比威基基海灘更近，開車大概三十分鐘左右。大家抵達民宿時，看到了坐在行李箱上的雨潤。

5：二十世紀早期，來自朝鮮的國際移工在美國西海岸、夏威夷等地透過媒人幫忙，僅以照片或熟人推薦，挑選原住國配偶的風潮。

「雨潤！」

雨潤聽到知秀高興的呼喊，先衝過去擁抱了一下蘭貞，再抱了抱知秀。可能是太久不見了，海霖略顯靦腆的和雨潤打了聲招呼。

民宿分為正中間寬敞的主屋和旁邊相對較小的廂房，房子的結構可以確保每個人的私生活不受打擾。

「大家先回房洗個澡休息一下，兩小時後在主屋客廳集合。」

明惠下令後，大家紛紛去了各自的臥室和浴室。

「水壓如何？」看到明恩打開蓮蓬頭，京兒問道。

「還可以。」

「早知道就該帶一個加壓蓮蓬頭來。」

「出門怎麼能帶那東西？」

「這麼多行李都帶來了，多加一個蓮蓬頭算什麼。」

京兒回到房間，看到奎霖趴在沙發上，但不見海霖，找了半天才發現她跑到院子的花叢去了。

「媽，這裡有綠繡眼。」

院子裡果真落了一隻和葉子顏色相似的淡綠色小鳥。

「長得好像夏威夷小鳥啊。」

「不，這是亞洲的鳥。牠怎麼會飛到這裡呢？」

「眼睛那裡一圈白線很可愛耶。」

「媽，我想去書店。」

京兒知道無論帶海霖去哪裡，都要先帶她去當地書店買一本迷你版鳥類圖鑑才能順利開啓旅行。如果不先解決這個問題，她會煩死所有人。京兒答應海霖，等一下明惠阿姨講完話就馬上帶她去書店。

聚在客廳的人都沒有吹乾頭髮。雖然浴室用起來沒有任何不便，但吹風機數量不夠。每個人都以爲別人會帶吹風機，自己沒有準備。

「如果不吹乾會掉頭髮的。」泰浩抱怨了一句。

「好了。」明惠站起身，清了清嗓子。

大家都看向明惠。

「我們會在忌日當晚八點舉辦祭祀。因爲是十周年，只辦這一次，但不會準備祭桌，不用那種俗套的方式。在忌日當晚之前，大家在夏威夷自由行動，記錄開心的瞬間和那些爲了見證這一刻而活的、印象深刻的瞬間，然後帶回象徵那些瞬間的物品，或者和大家分享經驗也可以。」

京兒很開心聽到大姐使用敬語，這讓她想起了大姐在公司上班的時候。

「好難喔。」

「不過這激起了我的勝負欲。」

「祭祀還能激起勝負欲，這是想怎樣啊！」

聽到這空前絕後的祭祀計畫，大家竊竊私語起來。

「媽年輕時曾走遍這座島嶼，我們也邊走邊想著她，帶回媽會喜歡的、最美好的記憶的人……」

「有獎品嗎？」

「沒有，畢竟是祭祀，怎麼能發獎品，但會給予掌聲。」

「唉。」

大家嘴上雖然嘆氣，卻都難掩興奮之情。

「對了，我會去學草裙舞，已經預約好了，你們不要跟我重複。」

明惠搶先一步公布了自己的計畫。大家想像著平日裡性格剛硬的明惠跳草裙舞的樣子，不禁笑了出來，但沒有被明惠發現。

10

「妳走吧，走吧。妳留下來，這裡就會變成一片火海。」納瑪卡說。

「但是，姐姐，我愛這座島嶼。」

「妳必須離開，去尋找別的島嶼吧。妳被火吸引，火之島在等待妳。」

佩蕾接受了必須旅行的命運。有人留在了納瑪卡身邊，也有人追隨佩蕾而去。

——《沈時善朗讀的夏威夷神話》（一九八九）

第一天，明惠、明恩和京兒一起去草裙舞一日體驗班。雖然明惠也邀請了明俊和蘭貞，但他們婉拒了，說要去博物館。拒絕大姐的提議是很容易的一件事。

抵達草裙舞教室後，三個人理所當然地以爲是在室內授課，但老師把學生帶到院子裡。大家把包包和鞋放在修剪平整的草坪上，赤腳站在草坪上。十一點左右的草坪被陽光晒得乾乾暖暖的，踩在上面舒服極了。三姐妹穿著花花綠綠的舒適裙子，老師點了點頭，似乎很滿意她們的穿著，三姐妹很是開心。老師把花白的頭髮盤在頭頂，她的聲音很有力度，自然的教學方式給人留下權威的印象。戶外的音響傳出烏克麗麗演奏的夏威夷民謠，來自世界各地的四十多名女性保持一定間距，面對老師站在草坪上。

最先學習了太陽、月亮和大地的手勢動作，接下來是家，表達家的時候要注意不能讓兩個拇指碰到。懸崖和山、雨和瀑布、大海和海浪、風和椰子樹、眼睛和手、微笑和肩膀、花和聞香、花冠和愛情、道別和結束……所有動作都是成組的，所以非常好記。這是一次難得的體驗。正午的陽光下，以各自的路線抵達夏威夷的旅行者一起跳著草裙舞，有年輕人，但中年人更多。僅從外表很難分辨大家是和沈家三姐妹一樣的關係，還是結伴而來的朋友。院子旁的高樓遮擋住陽光，輕撫的微風很快便吹乾了舞動時流的汗。明惠感受到做冥想時，從內心漫出光芒的感覺，但也無法控制怕忘記這些動作而產生的焦慮。下課後，明惠立刻蹲坐在一旁，用簡單的文字和圖畫做起筆記。明恩和京兒安靜地在一旁等待，直到她做完筆記。

「我們一起報班好不好？三個人一起跳草裙舞？」

明惠問兩個妹妹，但兩個人都搖頭。

「姐，我想去看火山。」明恩認眞地說。

明惠想起在明恩的行李裡看到的登山鞋。

「既然想看火山，那當然要去了。」

「我準備去一趟大島。」

「京兒呢？」

「我……要做自己喜歡的事。」

聽到老么可愛的回答，明惠笑了。明惠等所有人走後，報了一週的課程，老師面帶微笑的看著她。像這樣希望得到權威女性的認可，難道是因爲自己是沈時善女兒的關係？還是因爲長女的身分呢？

三姐妹走出舞蹈教室時，老師叫住了她們。

「我送妳們三朵花吧。」

「謝謝。」

「花很配妳們的裙子。」

老師從門口的樹上摘下三朵白色散發著香氣的花，依序爲明惠、明恩和京兒插在耳後。三姐妹都覺得老師很會猜測年齡。

「請問花名是？」

「緬梔花。」

「我明天還會來。」

「我知道。」

收到緬梔花而開心不已的三姐妹點頭表示謝意，抬頭時又不禁心想，這樣的舉動會不會太亞洲式了呢？三個人思考著更好的感謝方式越走越遠，淡淡的甜美花香持續了很久。

＊＊＊

明俊和蘭貞駕駛白色的車子來到畢夏普博物館。他們本來打算開那輛紅色的車，但那輛車早就被知秀開走了。看來未來幾天那輛都會很搶手。

「據說這間博物館是十九世紀末，查爾斯．里德．畢夏普爲了紀念他的亡妻保亞希公主而建的。」

出發前，蘭貞會按照種類購買旅行指南，反覆閱讀吸收資訊。也是因爲這樣，明俊才什麼都不準備，家人都說明俊懶惰，但他還是喜歡邊走邊聽蘭貞整理好的資訊，也喜歡蘭貞透過閱讀，吸收和羅列出資訊時的表情。

「如果妳死了，我也要爲妳做點什麼，蓋棟房子如何？」

「你能比我活得久？滿有野心的嘛。」蘭貞嗤之以鼻，把帽子折好放進包包。

「聽說這裡有兩千四百萬件文物，我們去參觀一下吧。」

博物館本身並不大，但用木材裝飾的室內壯觀極了。

「書上說這些展品的盒子都是用寇阿相思樹製成，比整個建築更有價値。」

「寇阿相思樹？」

「是一種生長在夏威夷群島的樹種，很高級的木材。這種樹很神奇，生長在火山灰中，製作成樂器的聲音也很好聽。」

「我老婆眞是無所不知啊。」

蘭貞沒有理會明俊的稱讚，朝正在解說立在太平洋地圖上的獨木舟的解說員走去。明俊留學義大利，所以英文不是很好。相較之下，年輕時苦學商務英語的蘭貞英文更流暢。明俊不明白蘭貞爲什麼不重返職場，他總覺得這是自己的錯。因爲孩子生病和急需錢的理由而耽誤了一個能力出衆的女人的前途，明俊不知道是該怪自己，還是怪這個世界。

「這裡隨便看看，我們去美術館吧。」明俊毫無興致地看著吊掛在天花板上的抹香鯨，催促蘭貞。

「早前自然史博物館流行收集鯨魚骨的時候，這裡也花了不少錢弄了這個，但後來才知道這是大西洋的鯨魚。」

「眞假？」

「好笑吧？大西洋的鯨魚掛在太平洋的島上。」

蘭貞瀏覽了一遍博物館的節目表，安排的簡直和學校課程一樣緊湊。

「你自己去美術館吧。」

「嗯？」

「這裡有一本行走的書。」

蘭貞用眼神指了指走廊上那位駝背的老人，他就是剛才講解玻里尼西亞航海技術的解說員。

「這裡不是一天就能看完的地方，這幾天我都要過來。」

「眞的？」

「我也喜歡美術，但沒你那麼喜歡啦。等閉館的時候，你再來接我好了。」

還以爲喜歡美術館和喜歡博物館的人結婚後，會和樂融融的遷就彼此，沒想到他們經常遇到彼此不肯讓步的情況。明俊把蘭貞留在博物館，開車去了美術館。

明俊覺得很滿足，因爲美術館的規模和收藏品遠遠超出自己的期待。他唯獨沒走進掛有母親畫像的展廳，剛才在入口斜眼瞄到青綠色的瞬間，他立刻轉過了頭。那幅畫應該全家人一起看。

11

我在舊金山遇過一次在夏威夷時認識的人。我去看朋友的畫展，剛好那個人聽說有韓國畫家的畫展，才有緣碰到了。人群中看到熟悉的面孔是何等的喜悅，我們微笑擁抱在一起，但遲疑了半天才想起對方的名字。因為雙方都遲疑了一下，所以心裡沒有不是滋味，反而笑得更開心了。

「我回老家了，妳呢？」

「我四處漂泊，最後也回韓國了。」

我沒有具體講是如何四處漂泊，但聽到我回國的消息，友人驚訝不已。

我偶爾會想，如果一直生活在夏威夷會如何？聽聞，愛戴李承晚[6]與憎惡李承晚的韓人社會的氛圍也隨著世代發生了改變。

6：韓國首任總統。一九六〇年因對「四一九學運」負責，辭去總統職務並流亡美國夏威夷，一九六五年逝於檀香山。

最終大家都習以為常了嗎？還是半夜偷偷跑到他亡命的家打碎玻璃呢？
雖然我讀過關於平行世界的書，但還是希望不要存在那樣的世界。

——《不知不覺活到最後的人》（二〇〇二）

「妳不覺得我們家的大人都很好笑嗎？」

知秀發問時，雨潤沒能立刻明白問題的含意。

「嗯？」

「他們到了夏威夷還要學東學西，一般人不會這樣吧？」

「哈，眞是一如既往啊。」

知秀和雨潤想起小時候兩家人跟團旅遊，大人會坐在遊覽車最前面，認眞聆聽導遊講解，當導遊提出問題時，還會爭先恐後地舉手搶答。沈家的大人都特別喜歡接收新資訊。

「小時候覺得我爸媽和姑姑們很丟人，但現在覺得有點可愛耶。」

「他們都繼承了奶奶的性格吧。」

「應該是。」

「所以奶奶才離開夏威夷去了德國，爲了求學離開了這麼美麗的地方。」

聽到知秀這麼說，雨潤點了點頭，她們坐在前往威基基海灘的無軌電車上，套在泳衣上的薄洋裝被窗外的風吹得一直飄。海霖和奎霖坐在與她們隔了兩排的座位，知秀看著兩個長相相似的孩子一語不發、呆呆望著窗外，呵呵笑了出來。

「京兒阿姨生了一對長得一模一樣的孩子。」

「海霖那麼聽妳的話，妳還取笑人家。」

「我們雨潤小時候也很可愛呢。」

「我和妳也沒差幾歲，擺什麼架子？」

「妳的韓語怎麼都沒退步，一句也不肯輸我啊？」

出門玩大家都很開心。雨潤想起提議帶海霖和奎霖一起出門時，蘭貞的表情，姑姑都沒什麼反應，反倒是媽媽顯得很不安。雨潤很想把手放在媽媽的背上告訴她，那不是妳的不安，多給我和知秀一些信任吧。雖然知秀又突然換了工作，而且經常出門旅遊，還會做出一些反常的舉動，但她應對危機的能力很強，況且雨潤也獨自在國外生活了好幾年。

「姐，等到了海邊，我要學衝浪。」雨潤堅定地說。

「好啊。」知秀把裝有防沙毯的沙灘包放在腳邊，心不在焉地回答，她並不知道衝浪對雨潤意味著什麼。

雨潤小時候生過一場大病，雖然日後康復了，卻從未體驗過活力充沛的青春時代。那些和自己一樣在鬼門關走過一回的人裡，有的人不畏生死，活得越來越勇敢；有的人則心懸於生死，活得小心翼翼。雨潤很不滿自己屬於後者。所以她抵達夏威夷後，便下定決心無論如何都要學衝浪。雨潤做出這樣的決定，與其說是被衝浪吸引，不如說是她認爲這是一項既冒險又危險的運動。既然活著，就要面對死亡的可能性，也要證明自己即使沒有特別勇敢，但也不是一個膽小鬼。當天，雨潤起得特別早，簡單地吃了早餐，也帶足了現金。

「姐，我也要學。」

從無軌電車下來後，奎霖直接跟雨潤走了，知秀和海霖來到淺海區打算學潛水。

哪家衝浪店的哪位衝浪老師教得好，每本旅遊指南上寫的都不一樣。雨潤不好意思拿著旅遊指南去問衝浪老師的名字，所以決定碰運氣。寫旅遊指南的人不可能跟所有老師都學過，而且也不知道他們學了多久。幫雨潤報名的人從頭到腳打量了她一番，大概是在觀察肌肉量，評估她的身體是否適合衝浪。雨潤和奎霖把隨身物品放在沒有任何保安裝置的桌子上，走到海邊。

負責教他們的衝浪老師看起來四十多歲，名叫安迪。安迪頭上那頂黑帽子已經被海水沖得褪了色，身上的體脂肪也像被海浪沖走了一半，很像素描課上的人體模型。直覺告訴雨潤，他一定是一位衝浪高手。

「李奧納多．狄卡皮歐和他的女友也跟我學過衝浪。韓國的知名演員『裴』也跟我學過。」

姓裴的演員，一定是裴勇俊吧？也有可能是裴斗娜，難道是裴正南？安迪只記住人家的姓，但雨潤也不是追問這種事的外向性格，所以到最後也不知道裴到底是誰。至於李奧納多的女友，他交往過那麼多女友，哪知道安迪說的是哪位。那三個人都學會衝浪了嗎？面對安迪的炫耀，雨潤努力隨聲附和著。

安迪把衝浪板放在沙灘上，簡單教了大家如何起乘。起乘是指在衝浪板上從趴轉成站的動作，要像做瑜伽一樣先雙手撐住板面，然後抬起胸。這個動作需要柔軟度。接下來，要靠平衡感單膝跪在板面上，最後則要靠隨機應變的能力和肌肉站起來。光是在沙灘上學起乘，雨潤就感到很吃力了，但她沒有表現出來。雨潤開始懷疑自己否能在海裡完成這一系列動作。相反的，奎霖的運動神經很好，很快便掌握了動作，他已經迫不及待地想到海裡衝浪了。

「好了，我們下水吧。」安迪提議。

「這麼快？」

「妳想一直待在沙灘上嗎？」

雨潤也想像其他人一樣，輕鬆地把衝浪板抬在身體側邊，但衝浪板比想像中重很多，最後只好用雙手托著往前走。安迪看到雨潤把衝浪板掉在地上幾次後，乾脆把自己的衝浪板丟在一旁先去幫她。做了半年的運動竟然無濟於事，雨潤大受打擊。她希望自己可以更健壯一些，可以輕鬆拿起重物。雖然強度不大，但也持續在做重訓，能夠輕鬆地搬運米袋和水桶後，也稍稍有了成就感，現在卻連衝浪板也抬不動，雨潤覺得很傷自尊。

連在沙灘上都站不穩的雨潤下水後，情況更慘不忍睹。下水後，要先用手臂划水，划到遠處才能衝浪，但無論雨潤怎麼划動前臂和小手掌，始終無法前行，反被迎面而來的浪一直往後推。

「姐，加油啊！」

奎霖靠自己的力量划到了可以衝浪的地方，雖然他在為雨潤加油，雨潤反倒覺得這個弟弟是在挖苦自己。

「我在加啦！」

無奈之下，安迪流露出「這次的學生沒處好炫耀」的表情，用腳勾住雨潤的衝浪板往前拉。雨潤盯著安迪在炙熱的沙灘上磨練了數十年的腳掌，開始後悔非要學衝浪這件事。

遠離沙灘後，雨潤看到很多和自己一樣略顯後悔的衝浪新手。遇到適當的海浪時，老師會按順序幫每一個學生推衝浪板。很多人沒衝出幾公尺便失去平衡，也有衝出十幾公尺的人在起身時，直接從浪板上跌入海裡。衝浪技巧熟練的小朋友從雨潤身旁一閃而過，隨之而來的是一條陪伴主人站在浪板上的波士頓㹴。雨潤不由自主地向狗投去羨慕的目光。但她隨即失去了看熱鬧的閒情逸致，她不斷跌入海裡，雖然水不深，腳踝上也綁著連接衝浪板的腳繩，問題是淺水區到處都是石頭和死珊瑚。新手無法控制自己的身體，所以雨潤好幾次跌入海裡時被磕碰得遍體鱗傷，雖然穿著衝浪衣，但並沒有多大幫助，她只能安慰自己幸好沒有撞到頭。上岸後，雨潤才發現手肘正在流血。在不斷落水和掙扎的過程中，雨潤喝了好幾口海水，喝得都快吐了。

雨潤很熟悉這種想吐的感覺，小時候住院的記憶越來越模糊，但那種想吐的感覺和痛症仍像老朋友一樣如影隨形。雨潤記得住院時非常寂寞，最開心的是姑姑、表姐、表妹和表弟來探望自己，每次大家走後，她都會大哭大鬧，讓媽媽很爲難。這一切彷彿成了前世的記憶，人的記憶是從哪裡出現分節的呢？

雨潤的父母至今仍被當時的記憶支配著，孩子生病，讓他們覺得世間的一切都會傷害女兒。玩躲避球，雨潤被球打腫臉，他們會打給丟球的孩子家長；流感嚴重時，他們不想送孩子上學；他們不允許雨潤提買腳踏車和滑板的事；無論是小寵物還是野生動物，只要是動物都不讓雨潤靠近，就連大部分的植物在他們眼裡也像有毒一樣；無論是近距離還是遠距離的旅行，他們都不喜歡；雨潤在外租屋時，他們不僅買了大型滅火器，還去測量逃生緩降機的長度。最近公司頻繁加班，他們甚至想打電話去公司抗議，好不容易才被雨潤阻止。明俊和蘭貞對雨潤這樣緊張兮兮，可當他們遇到輕微的交通意外時，卻連物理治療都懶得做。

「不是被後面的車撞了，現在不去治療，痛症變嚴重怎麼辦？」

「唉，沒事啦。」

雨潤對說服父母感到無力，他們原本不是容易不安的人，卻因爲自己而不安，這讓雨潤產生了罪惡感。怎麼會變成這樣呢？生病不是雨潤的錯，但她再怎麼努力父母也不會改變。不是只有孩子會讓父母傷心，有時也會有相反的情形。

最令雨潤傷心的是，蘭貞看新聞會落淚，每次看到有人喪子的新聞，蘭貞不用零點四秒就能哭出來。

「我能理解那種心情，我都理解。」

雨潤希望她不要再看新聞了，世界上太多人喪子這件事也讓雨潤感到氣憤。雖然蘭貞長年會捐款給有疾病的孩子家庭，但這種持續的善意並沒有減少她的不安。

「媽，我沒有死。就因爲沒死，才更想有活著的感覺。」

雨潤的房間貼有一張用手寫體寫著「Live a little」的海報，那行字的下面畫有巨浪和像點一樣小的衝浪女孩。雨潤已經長大了，心裡卻一直住著一個生病的小孩，所以她才決定挑戰衝浪。

Live a little。我要及時行樂。

當然，蘭貞此時並不知道雨潤正在學衝浪。整整兩個小時，雨潤一直從衝浪板上跌入海裡，如果就這樣放棄，不告訴母親也無妨。安迪稱讚了只挑戰兩三次便成功起乘的奎霖，然後用似笑非笑的表情看了看雨潤。雨潤吃力的扶著衝浪板，避開安迪那令人不自在的視線。

「時間到了，明天再來挑戰吧！最後只差一點點就可以站起來了。」安迪用美國人特有的樂觀口吻鼓勵雨潤。

雨潤搖搖晃晃地走上岸，知秀正在打瞌睡，海霖則在一旁觀察夾鏈袋裡不知從哪撿來、五顏六色的羽毛。海霖看了一眼圖鑑，又看了看夾鏈袋裡的羽毛，然後抬起頭，眉頭緊鎖地看著雨潤說：

「幾乎都是外來鳥。」

「原來如此。」

「可能夏威夷的鳥都躲在深山裡了吧。」

「妳去洗手，我們去吃點東西吧。」

「嗯。」

雨潤累得快要暈過去了，但奎霖看起來一點事也沒有。雨潤十分羨慕表弟，同時也在努力不讓自己的心態變得扭曲。雨潤告訴自己，有人生來就很健康、擁有好的運動神經，有人則不然，僅此而已。

「啊，彩虹。」知秀滿臉睏意地指著沙灘另一邊，一道十分清晰的彩虹掛在空中，她用手機拍了幾張照片，但都不滿意。「完全拍不出美感……」

「是啊，明明肉眼看得這麼清楚。」

「我想好了，奶奶的祭祀，我要拍一張完美的彩虹照片送給她。」

「什麼？這決定也太簡單了吧！」

聽到知秀的決定，雨潤哈哈大笑。雨潤也在心裡做出了決定，我要學會衝浪，然後把那道海浪的泡沫送給奶奶。

12

我學會德語後，最先意識到的是自己掉進了陷阱。我被傳聞包圍著，所以很容易便知道了事情的真相。馬緹亞斯把從世界各地收集的女孩帶到杜塞道夫，那些女孩最後就像麵包屑一樣灑落四處。即使我的德語能力見長，但沒有表露出來，而是安靜地聆聽著周圍的一切：有的女孩哭著回去故鄉；有的女孩則因酒精和藥物中毒而下場淒慘；有的女孩遇到了更有名的男人；有的女孩自殺；有的女孩下落不明。

我想活下來，但不是單純的活下來，而是以畫家的身分活下來，所以我苟且偷生地制定了生存戰略。我自知已經無家可歸，而且我想成為「獨立女孩」故事中的主角。

為了扮演順從的亞洲女人角色，我只穿著襪子無聲的在家裡走來走去。這樣做也是為了不引起馬緹亞斯的注意。起初馬緹亞斯親切、豪邁，彷彿會給予我一生難得的機會似的。我結識他的時候，他已經喪失了性能力，所以他會透過暴力把這種扭曲的慾望發洩出來，很多時候根本無法預測他何時會爆發。當他撕扯自己的畫、砸毀畫室時，絕對不可以靠近……但也不能躲得太遠，因為這會更加惹惱他。

「K說想畫妳。」

K也是畫家，但那時他的職業生涯已經到了盡頭，已經是一個被人們徹底遺忘的畫家了。K經常來馬緹亞斯家作客，但只會跟我搭話。每當這時，馬緹亞斯便會堆滿笑意地看我會怎麼作答。我本能地意識到我將陷入危險，面對當模特兒的提議，我絞盡腦汁，終於在幾秒內找出了答案。

「那個人的畫技水準太低，我不想當他的模特兒。」

我想靠馬緹亞斯的傲慢來保護自己。如果只是當畫家的模特兒倒也沒什麼，但當時並不是那麼單純的時代。而且我知道，如果這次我答應他，馬緹亞斯就會一直把我「借給」別人。

馬緹亞斯沒有囚禁或強暴我，因為我不是那種穿著來歷不明的東洋風長袍的妖女。但他會用另一種暴力讓我陷入更悲慘的處境。我和當時杜塞道夫的所有人都知道這絕對不是愛情故事，讓我難以置信的是，現在的人卻假裝不懂。

不要輕易相信那些稱讚你有卓越才能、答應給你機會、會為你介紹一些對你有幫助的人。我因為經驗不足，做了錯誤的判斷，淪落成了有名有利的男人手中眾多的女人之一。也許僅因我是眾多女人中的最後一個，才引起這樣的誤會，但我現在想最後一次澄清這件事——

我沒有摧毀他，他也不是因為愛我而自尋短見的。

——《無關愛情》（二〇〇〇）

接近正午，當所有人都出門後，和秀才睜開眼睛。她很意外，竟然沒有人叫醒自己。只有解決睡眠的問題，才能思考重返職場的事……和秀的同事中，有人說自己正飽受嚴重的失眠困擾。和秀覺得很不合理，大家經歷了相同的事，但怎麼有人昏昏欲睡，有人卻一直失眠呢？她打算到院子裡走走，但躺在樹與樹之間的吊床上時，她又睡著了。

再次醒來已經是下午三點了。由於很久都沒有進食，和秀感到一陣暈眩。母親說不打算到夏威夷也煮飯似乎是眞心的，所以冰箱裡除了水、果汁和啤酒，什麼也沒有。和秀望了一眼窗外，三輛車都被開走了，於是她取出行李箱裡的夾腳拖，打算出門到附近逛逛。

因爲住在檀香山市區，街景與其他城市大同小異，四周都是密密麻麻的公家機關大樓和商業大廈，這些建築比起美感更注重實用性。人行道也不是石頭鋪成，而是混凝土，讓整體感覺更加平凡無奇。和秀覺得自己隨便穿出來的鬆緊長裙和亞麻針織衫有點格格不入，而且腋下還夾著一本奶奶的書，手上也只拿著長夾。上次閱讀時，和秀讀到奶奶爲了買石版畫和蝕刻的材料對馬緹亞斯說了許多違心之言，還當了他的模特兒。也許後來發現的那幅繞了半個地球、最終落腳檀香山藝術博物館的畫就是在那種情況下完成的。夾腳拖很不舒服，和秀又感到一陣暈眩。

和秀走過大街，看到了一間名爲「Proper Expression」的小鬆餅店。她覺得店名很特別，於是沒有多想就徑直走到窗邊的雙人桌。掛在天花板上的吊扇將咖啡和鬆餅的香氣吹散開來，讓人感到更加飢餓了。和秀知道做鬆餅需要時間，所以爲了掩飾頭暈，她托起下巴，讓自己看起來像是在欣賞窗外風景。

騎極限單車的青少年、穿團體服的觀光客和揹著樂器的老人經過後，街道變得冷清下來。一輛嬰兒手推車停在店門口，活力充沛的孩子從車上下來後，馬上伸手向父母要起玩具。母親從手推車下方的置物袋取出一個迷你購物車，偏偏孩子穿著運動套裝，加上頭髮稀疏，小肚子圓鼓鼓的，得意洋洋推著購物車的樣子就跟逛超市的大叔一模一樣。店裡笑聲四起，父母似乎也對孩子喜歡玩購物車感到很難爲情。和秀笑著心想，這孩子會成爲一個優秀的消費者吧？隨後她看到了一個男人，男人手提著塑膠袋，裡面裝著咖啡色的玻璃瓶。

和秀下意識地做了一個深呼吸。

不過是平凡的人帶著平凡的意圖購買了平凡的東西走在路上而已，我不能總是誇張地聯想到自己身上發生的事。

和秀正在接受公司提供的治療，醫生說這是事故後的PTSD。雖然接受治療會有幫助，但和秀覺得去治療本身就是一種極大的能量消耗。對她而言，預約時間、然後在當天出門也成了一件力不從心的事。和秀一直在思考經歷同樣事故的同事出現的不同狀態，毫髮無傷的人反而出現比自己更嚴重的症狀，傷勢比自己嚴重的人反倒堅強地撐了下來。然而這與身體受到的傷害是兩回事。因此，和秀與同事確認了彼此根本不想確認的事實。

往內勤部門投擲鹽酸瓶的男人是外包加工廠的老闆奇珉哲，有幾處報導錯把名字寫成了奇民哲。和秀就職於安裝和管理電梯、電動步道、無人停車場管理系統的公司，奇珉哲的加工廠則負責供應和秀的公司脈衝寬度調變組件，兩家公司合作多年，沒有發生過任何問題。但突然有一天，公司向奇珉哲的加工廠提出了降低百分之二十供貨價的要求，奇珉哲拒絕後，公司就將設計圖洩露給其他加工廠，讓他們複製產品。奇珉哲聲稱，因複製品以低於原有產品百分之十五的價格供貨後，造成自己的加工廠面臨破產危機。也許他的主張都是事實，因爲事後和秀的公司銷毀了證據，所以無從得知具體眞相。和秀也不相信公司是清白的。

但他爲什麼不去公平交易委員會申訴？爲什麼不採取法律行動？爲什麼把鹽酸瓶丟向一群女員工呢？做出不當決定的人明明另有其人，卻只對內勤的代理和職員……

「是你們要殺人的！你們要殺死我！」

伴隨著奇珉哲的叫喊，瓶子的碎片和內容物濺到了辦公桌和地面，六名員工受了傷。在難以做出判斷的瞬間，悲劇發生了，辦公室裡不停迴盪著女員工們的慘叫聲、恐懼和痛苦。鹽酸濺到同事的腿和手上，而傷到臉的只有和秀。比這更可怕的慘案每天都在上演，所以媒體並沒有大篇幅的報導。令和秀和同事驚訝的是，人們反倒同情起加害者奇珉哲。是受了多大的委屈才做出這種事啊？大企業的人都不是好人，只會壓榨中小企業，連條活路也不給人家留。國家根本不會幫助弱勢，爲了息事寧人，到頭來也只是輕微的罰款而已。

事情發生不久後，媒體報導了和秀流產的消息。這件事可能是公司同事或和秀身邊的人爆料給媒體的，也許他們再也無法忍受輿論同情加害者。如果不是這些人……那就是公司？難道是公關專家扭轉輿論的策略？不管是誰爆料給媒體的，都成功了。事件引起了關注，隨之媒體做了詳細報導，輿論也開始轉向和秀和同事，原本看到幾個女人受傷也無動於衷的人們開始同情她們。和秀被捲入他人一手帶起的風向中，等待著被裁判，而她只希望一切結束後能忘掉這件事。

在現場束手就擒的奇珉哲被拘留了三個月，法院考量他是初犯，加上有反省且使用的是稀釋鹽酸，判處兩年有期徒刑，緩刑三年。但當受害者準備提民事訴訟時，奇珉哲自殺了。他沒有使用鹽酸，而是吊死在浴室的毛巾架上。

這是逃亡。奇珉哲沒有伏首認罪，而是選擇了逃亡。和秀憤怒不已，忘記此事的權利被剝奪了，如今這團怒火只傷害著她一人。

啪的一聲，放有鬆餅的盤子擺在了桌上。

「我問了妳半天也沒回應，所以擅自淋了糖漿。」

一個人負責點餐、做鬆餅和送餐的老闆面無表情地看著和秀。

「對不起，我剛才在想別的事。」

和秀很慶幸道歉的話講得這麼順口，因為有時沉浸在糟糕的回憶裡時，會覺得靈魂像被囚禁在身體裡，每當這時，都會一句話也講不出來。

擺在厚實美式碟子裡的鬆餅很好吃，鬆軟溫熱又香甜。雖不是流行的舒芙蕾鬆餅，但密度幾乎差不多，入口即化，彷彿直接就被身體吸收了一樣。和秀原本只打算吃一半，最後全都吃光了。一股非常清淡且陌生的香氣飄來，香氣引起了她的好奇。

吃完鬆餅後，和秀翻開帶來的書。身體攝入糖分後，隨即腦海裡冒出一種想法——奶奶是不是也飽受ＰＴＳＤ的折磨呢？過了很久之後，在回顧年輕歲月時，奶奶總是近似於辯解般的講述爲什麼自己當年沒有更早擺脫馬緹亞斯。其實，這是因爲ＰＴＳＤ。遇到馬緹亞斯是在Ｔ地發生大屠殺後沒幾年，她應該處在非常容易被人操控的狀態。和秀很想告訴奶奶，雖然二十一世紀的人總是說二十世紀的人過於愚昧，沒有找到更好的對策，但她要爲此抗辯，無論是誰，都無法一直處在完美的自我防禦狀態，所以您大可不必那樣防禦式的記錄，更不必強迫自己去拼湊記憶。

和秀把盤子送回櫃檯時，老闆遞給她一張小卡片，那是下次光臨時可以使用的優惠券。

13

約瑟夫・李 Josef Leigh 的姓氏常被誤寫成「Lee」，很難判斷寫錯的原因是因為二戰時期他滯留在美國，還是出於對人種的偏見。但我始終懷疑是後者。約瑟夫的父親是法蘭克福人，掌管家族運營四代的貿易公司，他在馬來半島做生意期間結識了第三任妻子——約瑟夫的母親。我與約瑟夫相遇時，他的母親因病過世，父親也已再婚。

大多數像約瑟夫這樣身世複雜、難以適應世界的人都會變成藝術愛好者。約瑟夫提早繼承了遺產——一間小畫廊。馬緹亞斯和他的朋友們常在那間位於國王大道附近的畫廊辦個展，也經常邀請這位年輕、具異國風情的畫廊主人參加他們的聚會。我覺得他們把約瑟夫帶在身邊，既是為了獲得某種認可，也可以視為一種炫耀。約瑟夫看上去既像土耳其人，也像印度人和中國人。特別是馬緹亞斯的那些年輕弟子們，出於擔心被誤會成希特勒青年團的成員，所以總是把約瑟夫帶在身邊。他們都希望自己被視為世界公民，約瑟夫和我便成了他們的裝飾品，不過約瑟夫的價值比我高。

約瑟夫來參加馬緹亞斯的聚會時，如果跟我搭話或幫我收拾盤子，周圍便會發出噓聲，人們就像在看動物交配似的盯著我們。因此我們即便已經認識了很長一段時間，也沒有成為朋友。我和約瑟夫看到彼此就會立刻轉過頭，疏遠對方。我們知道這樣做對彼此都好，沒有交集、不走近對方、不在意對方。

有一天，當我俯瞰國王大道運河時，約瑟夫走過來跟我說：「妳那麼專注在看什麼？」

「為鴨子修築的石階。」

鴨子好像不會上坡路，所以從水裡上岸總是很吃力，因此杜塞道夫的人在運河邊為鴨子修築了石階。

「因為河岸很陡。」

「真是奇怪，這裡的人對鴨子這麼友好，對別人卻一點也不友好。」

我下意識地說出了心裡話。約瑟夫顯得很驚訝。

「我跟你說喔，那些人是在利用你。他們根本不是真心喜歡你，更沒有把你當成自己人。」

既然開了口，我便把心裡話都說了出來。約瑟夫笑了出來。高高瘦瘦的他總是穿著一身淺色、與身材不符的寬大西裝。

——《不知不覺活到最後的人》（二〇〇二）

京兒的第一個念頭就是咖啡。大姐說明奇妙的祭祀活動時，京兒便立刻做了決定。她本打算參考一下其他人的計畫，但在隱瞞大家和提早宣布決定之間，還是選擇了後者，因爲家裡只有她和沈時善女士兩個人喜愛喝咖啡，所以不希望咖啡被別人占得先機。

「小傢伙長大了，懂得品嘗咖啡了。」

時善發出感嘆。扶養自己長大的女人發自內心的感嘆不爲別的，而是咖啡，每次想到這件事京兒都會笑出來。比自己年長的哥哥姐姐雖然酒量很好，卻無法適應咖啡因。

「他們都像爸爸，所以很無聊。早上喝什麼即溶的、沖淡的，唉……還好我們家老么懂咖啡香。」

沈時善很少在其他三個孩子面前提起約瑟夫，可能是怕傷了孩子們的心，約瑟夫成了家裡的禁忌話題。但京兒是在所有事情都過去後登場的，所以時善可以敞開心扉地與她聊起這個人。關於那位素未謀面的母親的前夫，在父親之前的約瑟夫，京兒腦海中浮現的形象是一個不能喝咖啡、搖搖晃晃的稻草人。但是一個親切的稻草人。

「不是說他爲您買了一臺咖啡機放在畫廊嗎？我喜歡聽那個故事。」

「我不知道他不能喝咖啡，下午陪我喝了一杯咖啡，結果一夜沒闔眼。直接說不能喝就好啦，眞是有夠內向的。」

「人家是想嘗試您喜歡的東西嘛。」

「後來才知道他是一個很敏感的人，我上當了。」

「他的酒量很好吧？姐姐和哥哥不能喝咖啡，但酒量很好耶。」

「那算什麼，再怎麼說，他們也有四分之一日耳曼人的肝啊。」

「不管怎樣，約瑟夫叔叔是對您一見鍾情的。」

沈時善說，與約瑟夫的感情與其稱爲愛情，不如說是好感，一種總是被當成利用品的人之間因同情而產生對彼此的好感。兩人偶爾會避開馬緹亞斯一起去喝咖啡，但並不是因爲有了感情，而是爲了隱瞞自己也有思想和主見。馬緹亞斯是不能忍受物品發聲的人。京兒可以想像對時善而言，有一個可以無所畏懼、坦率交流的對象是多麼大的解脫。

「我很想看您當時畫的那些畫。」

「都是些不足掛齒的靜物畫。」

「眞的都找不到了嗎？都沒了嗎？」

時善有時會露出早已忘記自己年輕時畫過畫的表情，雖然她在書中描寫自己曾以迫切的心作畫，但讀起來就像在描寫旁人。

「眞的是那種感覺。回想起幾十年前的自己，感覺就像陌生人，還會有斷層。妳還年輕，等妳上了年紀就會明白了。」

「人怎麼可能突然中斷自己眞心喜歡做的事呢？我不能理解。」

京兒提出過幾次這樣的質疑。每當這時，時善就會解釋說，在本該進入狀態的時候，如果不斷受挫，內心的某種東西就會隨之消失，但京兒還是無法理解。

「誰都會受挫吧？」

「話是如此，但因爲別人的惡意受挫，跟運氣不好或沒做好準備是不一樣的，而且在因前者受挫時，所有人都袖手旁觀的話，會讓人覺得萬念俱灰。」

時善指的是畫展，一次團體展和一次個人展。時善認爲是約瑟夫創造了讓馬緹亞斯徹底暴露惡意和敵意的契機。馬緹亞斯和他的朋友推薦了五名新人畫家舉辦新人展，約瑟夫則在畫家名單中加入了時善，變成六名畫家。

「我還記得在畫廊的白牆上寫名字的事。」

當時，約瑟夫不滿意沈時善名字的字母縮寫，因爲太多S會讓人聯想到親衛隊[7]，於是勸她換一個簽名。時善卻嗤之以鼻地拒絕了，還沒好氣地說：「我爲什麼要在意這種事？如果有人聯想到親衛隊，那正好可以讓他們反省一下。」約瑟夫聽後，便認同了她的說法。

「那是一幅小螃蟹在西方盔甲上爬行的畫。雖然與當時流行的畫相距甚遠，但我很喜歡，因爲那是只有我懂的故事。」

螃蟹是甲殼類動物，「甲」在排序中通常表示第一，而且帶有卓越、堅硬的意思，所以古代屏風中也常出現螃蟹。這是只有亞洲人普遍熟知的視覺暗號。京兒心想，當時母親的工作已經與語言相連了嗎？還是說她希望在孤身一人的狀態下獲得一件盔甲呢？

雖然馬緹亞斯是一個邪惡之徒，但他並沒有輕易暴露出來。直到畫展當天，他才知道沈時善的畫也被展出，但他在畫廊裡沒有面紅耳赤，反而開心得像一個快速完成拼圖遊戲的孩子，連連舉杯恭喜時善。馬緹亞斯的異常表現令時善和約瑟夫更加不安。

馬緹亞斯的攻擊慢慢展開了。他先是向朋友訴苦，約瑟夫正不擇手段地勾引自己的女人，想到自己那麼照顧約瑟夫，實在非常委屈、難過。馬緹亞斯是一個很高明的人。

「不用看也知道，馬緹亞斯展現了影帝級的演技。」

馬緹亞斯慫恿身邊的人孤立約瑟夫，說他是忘恩負義、得意忘形的混血兒，還說約瑟夫在給了他最大機會的自己背後捅刀，吃他的食物、喝他的酒，還要搶走他的女人。

「等一下，他們都不問問妳的想法嗎？」

「我不是說了嗎？當時那些人都認爲我沒有主見。」

「他們也欺負妳了嗎？」

「那個鬈毛的傢伙還使出了出人意料的手段。」

馬緹亞斯向沈時善求婚了，他說與第一任妻子離婚後，一直只談戀愛，但現在覺得是時候該停船靠岸了。

「他擺出一副臭架子，說得好像要讓我當什麼大官一樣，花言巧語聽得我目瞪口呆。但我怎

7：前身為希特勒的個人親衛兵，其旗幟標誌為兩個形似閃電的「S」。

麼可能再上當呢？說要收我當弟子，把我騙到德國，結果一直情緒勒索我。」

「我好像第一次聽說求婚的事，您之前講過嗎？」

「沒有，我怕講出來……大家以爲他是眞的愛我。」

沈時善沒有接受求婚，她很委婉地拒絕，雖然很尊敬馬緹亞斯，但並不愛他，自己也與約瑟夫沒有任何關係。況且等研究所畢業後，她打算離開杜塞道夫。雖然沈時善做出了努力，但馬緹亞斯並沒有識相地接受。最後沈時善忍無可忍，只好決定搬走。一次搬走所有的東西會被馬緹亞斯發現，所以在找到房子後，她每天只搬一點東西。約瑟夫爲整個過程提供了幫助。在馬緹亞斯的壓迫下，兩個人的關係變得更親近了。但直到那時他們也只是朋友，而不是戀人。

那是沈時善來到德國後第一次獨立，也交到了朋友，心情隨之變得輕鬆。她一邊工作，一邊學習繪畫和美術史，主要是幫人照顧孩子，但許多僱主討厭亞洲人，所以也會找一些清掃的工作，有時還會接一些口譯。這都是在韓國人到德國當礦工和護士前發生的事了。

沈時善忙於工作，但每隔一兩個月還是會和約瑟夫喝一次咖啡。沈時善猜測，一定是馬緹亞斯的朋友把看到他們的事告訴了馬緹亞斯。

「那你們是什麼時候變成戀人的呢？」

「舉辦完個展之後。」

「啊。」

京兒也聽說過那起殘酷的事件。隨著時間流逝，約瑟夫覺得他們差不多淡忘了馬緹亞斯時，建議沈時善舉辦一次個人畫展，他覺得沈時善的那些畫足以掛滿自己的小畫廊。雖然主題依舊不符合流行趨勢，還是正茫然爬行的螃蟹，但沈時善已經擴展了創作的範圍，她利用染色的粗毛線在畫布上進行西方式刺繡，或利用陶瓷和黃銅來創作。

「約瑟夫說無論在哪裡辦展，總要有一個開始，所以我就被說服了。」

這個開始受到了阻礙，而且還是以世人可以想像到最卑鄙的手段。一開始，幾乎所有作品都迅速地出售，約瑟夫和沈時善開心不已，但買方提出希望立刻收到畫。掛在畫廊的幾幅作品送走後，約瑟夫考慮不能讓畫廊看起來空蕩蕩的，於是拒絕了之後提出要求的人，但那些人以很巧妙的方式固執地不肯讓步。約瑟夫開始感到事有蹊蹺，於是雇人進行了調查，很快便發現買走那些畫的人都是馬緹亞斯，他借用朋友之名和地址買走了沈時善的作品。

「他把那些畫當成聚會時的道具，供人嘲笑、破壞、燒毀，全都沒了。」

那些人也曾和約瑟夫有說有笑，卻沒有人幫助約瑟夫。生起氣來就會臉色蒼白的約瑟夫打算告馬緹亞斯，但律師說代理購買也是購買，怎麼處理那些作品都不屬於違法行爲，最後只得作罷。

「當時我聽到了心碎的聲音。」

經歷這件事，約瑟夫和沈時善的關係變得更親密，因爲在杜塞道夫只有他們倆可以感受到，在這個沒有正義的城市裡，只有彼此守護著對方的尊嚴。愛情的種子在衆人的侮辱中發芽，如同從嚴重汙染的土壤中破土而生的植物。

「啊，咖啡都涼了。」

每次聊到嚴肅話題時，她們都會忘記眼前的咖啡。京兒和時善撫摸著涼掉的杯口。

「媽，跟妳講一件有趣的事。我們公司也有一臺咖啡機，休假回來的同事買了非常貴的夏威夷產可娜豆。大家都很期待嘗嘗那咖啡……」

「味道如何？」

「就跟好市多買的豆子味道一樣。」

「啊，怎麼可能？」

「大家大受打擊，覺得不可能，一定是哪裡出了問題，然後有人又嘗試了手沖的方法，結果味道完全不一樣，好喝得都要流淚了。最後發現，是那臺咖啡機的問題。早知道就該用手沖，白白浪費了咖啡豆。買咖啡豆的同事一臉驚慌失措，他的表情眞是好笑。」

「那臺機器很了不起啊。」

「爲什麼這麼說？」

「不同的咖啡豆都能做出相同的味道，可見它的恆定性有多了不起。」

京兒在夏威夷回想著很久之前冷掉的咖啡和早已結束的對話。如果用上等的可娜豆沖出美味的咖啡，倒入時善喜歡、沉甸甸的美式馬克杯裡放在祭桌上，她的靈魂是不是也會高興得笑出來呢？這是只有她們母女才懂的幽默。京兒很想逗笑早已不在人間的時善，告訴她：「媽，這就是之前跟您提過的可娜豆。」

京兒也想和明恩一起去看火山，又不放心把兩個孩子交給姪女。兒子似乎迷上了水上運動，女兒斬釘截鐵地說對咖啡農場不感興趣。京兒覺得要是去一趟農場，就會想起每天喝五、六杯咖啡的母親，這會讓她心情不太好。善於妥協的京兒最後決定到歐胡島農夫市集去尋找上等的咖啡豆，她整理出咖啡豆攤位的擺攤時間和前往方式。為了比較咖啡豆的味道，還準備了小筆記本。那是母親的遺物，母親在前幾頁用色鉛筆畫了很多難以辨認的塗鴉。姐姐哥哥都不知道在畫什麼，蘭貞看了還笑出來，但她沒有解釋為什麼。總之，京兒打算利用剩餘的空白頁仔細地做記錄。

愼重挑選好咖啡豆後，還要練習手沖咖啡，到時候要用能令所有人感嘆的馬克杯端給母親，再沖幾杯分給大家品嘗。光是想像，京兒都覺得心情變得舒暢了。她希望快點使用小心翼翼打包帶來的手沖濾杯。

14

不管怎樣，那時的經驗讓我獲得了可以識別具攻擊性的人的能力。無論他們是否表露出來，我都可以一眼看穿他們隱藏的本性。我可以察覺到開心飲酒的人突然性情大變的瞬間、被踩到腳的人沒有脫口而出的髒話、偽裝成謙虛的復仇之心。雖然每個人都帶有攻擊性，但隱約存在的人與從毛孔中散發火藥味的人存在很大的差距。

自那之後，我下定決心只把那些讓人懷疑是如何生存下來、毫無攻擊性的人留在身邊。在弱肉強食的世界裡，我的第一任丈夫、第二任丈夫、朋友和一起共事的人，都是會被世界淘汰的軟弱之人。正因如此，我很愛他們，我愛他們的溫柔、純真、傷痛和柔弱。

從這點來看，馬緹亞斯．毛厄相當於一劑預防針，雖然我打了兩劑預防針差點死掉。暴力能夠雕刻出人的人格，有時也會徹底毀掉人格。在暴力中倖存的人可以感知暴力的徵兆，有的人能夠利用這種感知能力，但也有人絕望地丟在一旁，所以很難得出一種結論。我可以把經驗過的恥辱轉換成能力，由此可見，我應該不是太過軟弱的人。

——《失去與獲得的東西》（一九九三）

雨潤堅持要繼續學衝浪時，知秀沒能管理好自己的表情。

「其實，我也知道自己不會衝浪。」

「那爲什麼……」

「因爲這是之前的決定。我要學，反正也不用衝得那麼完美。」

「眞有趣。衝得好的奎霖要去學別的，反倒是妳要繼續學。」

衝浪老師安迪介紹給奎霖一位自由潛水老師，他遞上縐巴巴的名片時還稱讚奎霖的水性很好，如果有興趣可以去這裡看看。名片背面寫著北岸的地址，知秀決定順路載奎霖過去。

「我還以爲能和妳多相處一段時間呢。」

聽到知秀這麼說，雨潤也露出遺憾的表情。

「姐，這趟旅行結束後，妳跟我一起去ＬＡ吧。」

「我也想……」

姐妹倆輕輕擁抱了一下，然後上了各自的車。那天知秀的車上載了很多人，她先把蘭貞送到博物館，把京兒送到農夫市集，最後載著拒絕跟京兒下車的海霖和興奮不已的奎霖駛向北岸。

「這附近好像是奶奶住過的地方。」

記得地址和門牌號的人只有和秀和雨潤。這種資訊知秀聽過就忘了，奎霖和海霖也只顧著欣賞窗外的風景。

「知秀姐，妳要拍彩虹的話，是不是該買一臺好一點的相機啊？」

「眞是的。」

「姐，我搜尋了一下，想拍彩虹的話，最好追蹤一下主題標籤。」

「沒必要啦，命中注定就會遇到的。」

家裡最小的兩個孩子顯然對知秀的反應不太滿意，但他們都很喜歡這個表姐，所以沒有表露出來。知秀覺得他們可愛極了。

令知秀略感驚訝的是，很多開在前面的汽車後保險桿上都貼著寫有「Welcome to the Paradise」的貼紙。韓國人有把自己生活的地方稱爲「天堂」過嗎？這種生活態度讓知秀感到陌生。不得不說，這是一句彷彿張開了雙臂在歡迎全世界遊客、充滿安居自豪感的標語，文字的前後還畫有彩虹。不光是這些貼紙，駕駛們也非常親切友好。即使六車道的十字路口連個紅綠燈也沒有，大家還是會互相讓路，因此不會造成交通堵塞。有一次知秀讓了一輛車，對方還把手伸出車窗做了個非常有節奏的手勢以表感謝。海霖和奎霖爲了模仿那個手勢練習了好幾次，但都失敗了。看來這是只有在天堂出生長大的人才會做的手勢。

抵達北岸後，知秀帶海霖和奎霖去吃夏威夷的彩虹冰，早已習慣韓式雪冰的三人都覺得這種只在碎冰上淋滿彩色糖漿的甜點很無味，但爲了消暑還是吃光了。

「謝謝妳載我來。」

聽說浪大的話，潛水課會取消，幸好當天不是那樣的日子。奎霖去上課時，海霖和知秀來到普普基亞與日落海灘的交界處鋪好防沙毯，又躺了下來。

「姐，妳就這麼一直躺著，到時候拍不到彩虹怎麼辦？」

「拍不到就算囉。」

知秀翻了個身，拿起手機，但陽光強得看不清畫面。社群軟體的私訊小盒子收到了幾個工作提案。竟然靠私訊接工作，人生還眞是妙不可言。明明簡介裡標記了信箱，大家還是只傳私訊。知秀從事的職業要靠活動企畫和ＤＪ記得「啊，還有這個人」，客戶能想起自己的確是萬幸，但到目前爲止經濟上並沒有任何收穫。梨泰院的夜店旺季從十月到年底，地球村節、萬聖節、聖誕節和十二月三十一日都是很重要的工作日。有點像春耕、冬藏，中間少去了夏耘和秋收，所以不忙的時候，知秀會寫一些關於音樂的雜文。最初只是掛名，並沒有稿費，後來與音樂串流平臺和唱片公司合作後才有了一些收入。知秀對介紹優質的音樂類型和流派樂此不疲，有時也會幫朋友參與一些Ａ＆Ｒ[8]的工作。知秀不挑工作也是出於自己的想法，她覺得即使不能成爲明星ＤＪ，至少也能成爲小有名氣的音樂人。業界流傳著一個笑話，說是做ＤＪ成不成功，要看潮牌會不會送潮鞋和耳機。有的職業可以一目了然地看到成長階段，但也有難以預測哪裡有墊腳石的職業。知秀近期的目標是無論如何都要維持生計，但也不要被人利用。她已經

8：Artist and Repertoire，意為藝人與製作部，指唱片公司負責挖掘、訓練藝人的部門。

受夠了工作詐騙，所以簡單回絕了對方。除了工作，還有幾則是陌生男人提出見面的私訊。

「我爲什麼要見你？可笑的傢伙。」

知秀直接刪掉了那些私訊。不喜歡擴展社交圈的雨潤總是擔心善於社交、喜歡結識新朋友的知秀會受到傷害，但知秀覺得她是在杞人憂天。知秀有很靈的第六感，她很清楚若甘願承擔些許風險，結識的人們總是可以爲自己開啓一個新世界。交友是最快樂的冒險，只要好好過濾掉那些傳來私訊的變態就可以了。

「姐，妳看那裡，那個人潛水的時間超久耶。」

海霖指了指距離海灘約三十公尺處，突然浮出水面的呼吸管。

「哇，眞的耶。那個人應該是潛得最久的了。」

知秀的話音剛落，那個呼吸管突然抬起了頭。知秀和海霖先是一愣，接著哈哈大笑起來。原來那是一隻黑色的尋回犬，兩個人誤把黑色的狗耳朵當成了呼吸管。

「狗比人強多啦，眞是太厲害了！」

那條狗游走後，又來了一隻深棕色的尋回犬。知秀和海霖十分期待，希望牠也能有剛才那隻黑色尋回犬一樣的出色表現。但是那隻與兩位主人同行的棕色尋回犬卻與長相相同的朋友形成鮮明對比，牠連腳也不想碰到水。

「雖然是同種，但性格還眞是不一樣。」

兩位主人站在水裡，水深只到大腿處，他們說服愛犬，下水吧、玩水很有趣的、沒關係的，最後甚至到了苦苦哀求的地步，但棕色尋回犬接連發出像是在譴責主人的哼聲，就是不肯下水。還時不時看向四周看熱鬧的人，投以「我的主人好像吃錯藥了」的眼神，逗得大家呵呵笑。

「看到了衝浪的狗、潛水的狗，還有死也不肯下水的狗。鳥兒也有自己的性格，要是也能看出來就好了……」海霖喃喃自語。

「妳不想養鳥嗎？」

「不想，我喜歡野生鳥。我不想妨礙牠們，只要遠遠觀賞就好。」

「原來如此，妳喜歡山雀？」

「黑色的山雀最聰明，但我也喜歡不聰明的山雀。其實無論是山鳥還是水鳥，我都喜歡。」

知秀瞥了一眼海霖手裡那本翻了幾天、已經縐巴巴的夏威夷鳥類圖鑑。

「那本書都是英文，好厲害啊。」

海霖像美國小孩一樣聳了聳肩。「用英文聊天學得很快的。」

小學生竟然在國外聊天室聊天，這樣會不會太危險了呢？知秀問過後才得知，那是一個直播鳥類在美國各地高樓棲息的網站，海霖只會在直播室聊天。知秀覺得一邊看老鷹，一邊聊天應該沒有什麼危險，便沒再追問下去。

「姐，妳知道嗎？鴿子和老鷹原本都是棲息在岩石峭壁上的鳥類，後來才適應了城市。」

「也是，難怪都沒見過牠們住在樹上。」

知秀突然覺得奇怪，海霖是這麼好相處的孩子，爲什麼不能適應學校生活呢？她總是在路上撿鳥毛之類的東西，手是髒了點，但同學也不至於因爲手髒就欺負她吧？知秀出於擔心，小心翼翼地問了海霖，沒想到聽到的是很意外的答覆。

「是去年的事，我知道不應該生氣，但我們班同學叫一個媽媽是中國人的同學『醬狗[9]』。那是歧視人的話啊！姐姐不是也說，妳們也是十六分之一的中國人嗎？我聽了怎麼能不生氣呢？」

知秀大吃一驚，她沒想到海霖是爲了和秀、自己和雨潤而生氣。雖然與她自己無關，但海霖想到身上流著馬來半島上中國曾祖母的血的阿姨、舅舅和表姐，挺身幫助了那個同學。知秀覺得這個小表妹眞是太可愛了，一把摟住了她。

「那老師有向妳媽說明情況嗎？有解釋妳爲什麼生氣嗎？」

「姐，好熱喔！」

「解釋清楚的話，妳媽就不用那麼擔心了。」

「嗯，解釋了。但老師說，就算是那樣也不能動手推同學。」

「妳推人家啦？」

「是他先推我，我才還手的，但我力氣很大……」

「喔，那下次只動嘴罵人就好。」

聽到知秀的話，海霖笑了。海霖抱著膝前後晃動身體，一邊看著一群穿行於海邊、停車場和餐車之間的雞，知秀覺得這孩子既堅強又脆弱。

「那都是誰養的雞啊？」

「牠們沒有主人的。」

「嗯？」

「書上說，那是千百年前坐船從東南亞來的人養的雞，雞舍被狂風吹毀後那些雞就跑了出來。據說去考艾島，還能看到棲息在森林的野生雞呢。」

「牠們看起來也跟野生雞差不多啊。」

「我去瞧瞧。」

海霖朝那群雞走過去，知秀的視線緊跟著她，以免她太靠近車道。

天空出現美麗晚霞的時候，奎霖身上滴著海水走上了岸。奎霖不是一個人，身旁還有潛水老師。老師稱讚奎霖很有潛水天賦，但知秀不知道他是對所有學生都這樣講，還是出自真心，不過從奎霖驕傲地說自己一下就學會了平壓技巧，可見應該是後者。

「你們住在哪裡？」

知秀見老師遲疑了一下才開口，於是告訴他住在檀香山市區。

9：韓文「짱깨」原意為「掌櫃」，在韓國演變為歧視華人的用語。

「那現在交通很擁擠，我家今天開派對，你們不如來吃點東西再回去吧。」

因爲要保護兩個未成年的孩子，所以知秀的態度與平時不同，顯得非常謹慎。

老師看出了她的謹慎，補充道：「是我弟弟的生日派對，有很多和奎霖差不多大，還有比他小的孩子。」

知秀回頭看了一眼奎霖和海霖，兩個小傢伙一臉想去的表情。潛水老師名叫蔡斯，知秀從他眼中看到了親切。

15

我記得最後離開那棟房子的時候，從樓梯的窗戶俯視了一眼後院。我提著一些行李，手臂上綁著繃帶。前一天，預感到我要離開的馬緹亞斯朝我丟了一把油畫刀。照理説，刀子應該打到我後掉在地上，但偏偏那把刀用了很久，變得很鋒利，而且角度也剛剛好，所以直接插在我的手臂上。想想也是，如果筷子掉下來的角度剛剛好，也會插到腳背上的，更何況是一把油畫刀。我把傷口當作盾牌，嚇退了馬緹亞斯，幸虧粗暴的他對這種行為遲疑了一下，但那也不過是片刻而已。

後院看上去就像戰後無人管理的小公園，四周接連拔地而起的建築包圍了這個共用的寬敞空間。令我感到奇怪的是，幾十人在這裡生活了數十年，竟然沒有一個人想要解決空地的荒蕪。它的樣貌就如同這個過於彬彬有禮的共同體成員們，一臉面無表情。野花、野草和藤本植物高喊讓美麗去見鬼吧！占領了那個空間。失去了紅色晚霞把天空染成了一片紫，我擦著髒兮兮的玻璃窗，望了很久那個空間。沒有人教我擦玻璃，就算擦乾淨了也沒有人會留意，我自己把這種勞動看作是在繳房租。我想過可以在那裡種些什麼，比如韭菜或水芹之類的，但直到最後也沒有付諸行動。

在柯內留斯街的那棟房子裡，我僅存在於閣樓和陰暗處。我存在於開派對的前後，但不存在於派對之中。我負責收信、打字、繳水電費、買顏料和洗畫筆，從把畫布平整地釘在畫板上，到把老鼠藥放在地下室，都是我的工作。年輕時的我就像機器一樣做事，只有當馬緹亞斯意識到我還是一個人且心情好的時候，才會教我一兩個畫畫技巧。我是他的傭人、助手、偶爾的弟子，以及運氣不好時的出氣筒。

我最擔心的是學校，因為教授都是馬緹亞斯的朋友。他們早已對我視而不見慣了，可以想像在我離開那棟房子後，將會發生的最糟糕狀況。但我需要學位，雖然不知道可以用在哪，我還是迫切地想得到它，所以我決定像油畫刀插進手臂時那樣，咬緊牙關、一聲不吭地忍下去。

——《在柯內留斯街》（一九八六）

「妳帶著兩個孩子出去，竟然這麼晚回來！」

明惠替京兒假裝訓斥知秀，但京兒並不在意。奎霖和海霖爲了幫知秀解圍，爭先恐後地說玩得非常開心，而且也很安全。

「剛來夏威夷幾天就交了在地的朋友，妳可真了不起啊。」

已經深夜了，京兒還在試喝咖啡，看來她還沒有找到滿意的咖啡豆。

「阿姨，這可能跟長相有關，無論我去哪個國家，都會被當成在地人問路，而且好像都覺得我沒吃飽似的，看到我都想餵我吃東西。就連在韓國去賣小菜的店，還沒等我打招呼，老闆就把吃的塞進我嘴裡了。」

「難道是幼鳥的面相……」海霖喃喃自語了一句。

知秀撓了她一下。其實，知秀常聽人說自己長得像胖嘟嘟的鸚鵡。

「明恩阿姨去看火山了？怎麼坐的地方還是不夠啊！」

椅子比人數少，加上和秀躺在長沙發上睡著了，大家沒有叫醒她，而是像在韓國一樣都坐在地上。京兒把濾杯清到桌子一角，看了一眼奎霖手裡拿著的帽子。暗色的帽子上用黃線刺了一行字「Eddie would go」。

「你去參加別人的生日派對，怎麼拿回一頂帽子呢？」

「我也不知道。」奎霖回了一句，但講不出理由。

知秀和海霖幫他解釋：「那句話是爲了紀念一位叫艾迪·艾考的知名衝浪高手。」

「艾迪會去？是這意思嗎？」

明惠搖了搖頭。

「那些孩子問你知不知道艾迪．艾考是誰，你說不認識，人家就生氣了。他們說，學衝浪不認識艾迪．艾考等於沒學，所以為了讓你記住那個人才送你這頂帽子。」

奎霖好像很喜歡這份禮物，像擁抱似的輕輕抓著帽簷放在胸口。

每天海水喝到吐的雨潤似乎想起了什麼。「啊，我想起來了，在北岸舉辦的衝浪比賽也是這個名字。」

「嗯，艾迪在威沒亞當救生員時，救了很多落水的人，他靠游泳救人，還用大手划著衝浪板把人拖上岸。」

聽到知秀這麼說，知道用手划衝浪板有多辛苦的雨潤發出了小聲的感嘆。

「活得那麼瀟灑的人，死得也夠瀟灑。艾迪加入了重現古代航海技術的探險隊，但探險隊遇難了。當時艾迪為了去找救難隊，一個人划著衝浪板橫穿大海。最後探險隊被經過的船隻救起，艾迪卻失蹤了……」

「那的確應該紀念他。那是什麼時候的事啊？」

「是哪一年呢……」

「一九七八年！」

「原來是這樣記住他的名字的。」

蘭貞說在博物館看到過一本很薄的關於艾迪．艾考的書，如果奎霖想看，可以買給他。雖然奎霖的英文沒有海霖好，但還是拜託了舅媽。

「那句『Eddie would go』原本是在衝浪大會上遇到巨浪時人們喊的口號，但其實有著完全不同的意思。」

「另一種意思是，關鍵時刻要思考自己能爲他人做什麼，就算明知道自己會受傷。」

「嗯。」

和秀被大家的輕聲細語聲吵醒了，她坐起身，那本放在肚子上的沈時善的書掉到了地上，幾張書頁掉了出來。

「媽，對不起。」和秀呆呆地垂下視線，然後看向明惠道了歉。

「沒事，別在意，反正修訂版也出了。」紙張易碎，明惠又自言自語了一句。

和秀把書整理好放在桌上，轉身去了院子，雖然室內開著空調很涼爽，但可能是人多的關係，室內空氣很悶。知秀猶豫了一下要不要陪和秀出去，雨潤向她使了個眼色，替她跟了出去。

和秀做了幾下伸展運動，她伸展四肢的樣子就像是在確認自己的手腳與身體相連一般。雨潤看在眼裡，心裡一陣苦澀。

「最近在做什麼？」

雨潤聽到和秀用很像奶奶的語氣問自己，於是點開手機相薄給她看，照片裡都是長著多眼和大雙下巴、色彩豔麗的怪物。

「已經把成品交給客戶了，很不錯吧？會出現在這次翻拍的科幻電視劇裡，雖然不是主要的反派角色。」

「這個紅紅的大下巴好可怕，裡面裝了什麼啊？」

雨潤一驚，那裡面裝的是酸液，是能把主角的太空衣融化的強酸。這是以作家的原著爲基礎設計的角色，不是雨潤想像出來的，但她還是覺得心虛，所以錯過了回答的時機。

「妳不用那麼在意啦。」

表情複雜的和秀笑了出來，雨潤也相視一笑。

「奶奶的書有趣嗎？」雨潤趕快轉移了話題。

「嗯，今天看的內容讓我想明白了一件事，那個王八蛋，磨了刀。」

「那個傢伙？毛厄？」

和秀臉上的笑意消失了，她望著院子某處的一個點，一個雨潤的視線無法跟隨的點。

和秀肯定地說：「不是因爲力道，也不是因爲角度。他在丟之前，就已經磨好了那把刀。」

「不會吧……」

「奶奶根本不會想到那種程度的惡意，但我們可以，因爲我們是二十一世紀的人。我們知道，這世界存在那樣的惡意。」

雖然雨潤不想那麼消極地看待世界，但她很快意識到和秀說得沒錯。雖然自己的專業是雕塑，但對油畫刀並不陌生，那不是能插進手臂的東西。

「妳不覺得這種事上演得太頻繁了嗎？」

和秀的側影筆直的傾斜著，令人不安。雨潤很想問她，姐，妳在看哪裡？在看哪裡的陰影？

這時，泰浩敲了敲她們背後的玻璃門。泰浩身上圍著的應該是民宿主人的圍裙，讓他看起來彷彿已經在夏威夷生活了三十年。

「爸，幹嘛？」和秀爲了不讓冷氣跑出來，開了一條小縫問道。

「進來喝點紅酒吧。孩子們都去睡了，現在是大人的時間。」

泰浩把雨潤歸在成人組，這讓雨潤感覺很新鮮。小時候讓自己騎在脖子上的泰浩覺得自己也是大人了，這與初領身分證時的感覺很像。雨潤和和秀回到客廳，看到桌上已經擺好超市買來的紅酒和抹好果醬的蘇打餅乾。

明惠拿著果醬抹刀，怒氣沖沖地說：「世人還以爲媽在杜塞道夫像妖婦一樣，把那些人控制在手裡，當什麼裸體模特兒，天天開派對吃喝玩樂，最後跟別的男人對上了眼。其實媽做最多的事情，就是給那些人做卡納佩[10]。」

10：Canape，法式開胃小點心。

「哈，所以奶奶不會煮飯，只會做派對點心啊。」雨潤知道這件事，但還是像初次聽聞似的附和。

「剛結婚時，我還跟岳母說想吃她醃的泡菜，結果她回頭瞄了我一眼……啊，那眼神根本終生難忘。」泰浩也加入了東聊西扯。

「你眞搞不清楚狀況，居然敢教我媽醃泡菜？我們家最引以爲傲的就是買泡菜吃！」

「當時不知道嘛。」

父母的對話逗得知秀咯咯笑，坐在雨潤與和秀中間的她挽住了兩邊的手臂。從小知秀就喜歡坐在中間。放在桌上的手機發出了振動聲，是蔡斯的簡訊。蔡斯說，會到檀香山辦點事，如果有需要，他可以順便爲知秀介紹知名的景點。知秀拿起一塊蘇打餅乾放進嘴裡，又喝了一口味道很一般的白酒，她需要一點時間思考該怎麼回覆。

不得不承認，蔡斯是讓人想進一步了解的人，他給人的感覺很舒服，也是能讓人產生微妙緊張感和興致的聊天夥伴。知秀喜歡講話簡單明瞭、且能溫柔地誘導自己思考各種問題的人。剛才都聊了些什麼？蔡斯告訴知秀珊瑚長得有多慢，有的珊瑚一年只長一公分。準確地說，應該是指珊瑚的外骨骼。蔡斯還問了知秀的身高，知秀回答一百六十八公分後，蔡斯就說要親自帶她看一看生長了一百六十八年的珊瑚，但知秀搖頭說這次旅行不打算學潛水。就這樣，兩人交換了電話號碼。告訴蔡斯號碼時，知秀便知道一定會收到他的簡訊……國際漫遊很貴的，知秀做好心理準備後，輸入了時間和地點。

16

我清楚記得閔愛芳走進我人生的瞬間。冷得教人瑟瑟發抖的會堂，高高的天花板，人們的聲音在虛空中嗡嗡作響。剛剛趕到的愛芳脫下緞面長手套捲起後拿在手裡，她直接朝我走來。雖然當時也有待我親切、公正的人，但大多數人還是默默加入了霸凌我的行列。我希望愛芳不要跟我講話，我擔心把貼在自己身上的標籤轉移到同為韓國人的她身上。雖然有好幾次打招呼的機會，但我都先避開了。我這是為她著想，但也許愛芳毫無察覺，或是明知道也覺得無所謂吧。如果有機會，應該問問她……但她不是會記得這種瑣事的女人。

斜戴一頂帥氣帽子的愛芳雙眼閃閃發光。

「唉，這些西方人……真是什麼都不懂，煩死了。」

愛芳能講一口流利的英語和法語，但幾乎不會德語，不過她還是在短期訪問德國期間交到了很多朋友。愛芳就是這樣善於交際的人。即使滿屋子都是西方人，她還是會用輕蔑的語氣使用「Westerner」一詞，有所察覺的人也只能尷尬一笑。

我忘了是怎麼回答她的了。愛芳，我的朋友愛芳。雖然她的名字現在聽起來有點俗氣，但乍聽之下也很像「Avant」，這個名字真的很適合她。我們很快便成了朋友，與愛芳聊天讓我覺得自己又活了過來。能使用母語真的太開心了，用母語談論美術讓我覺得幸福得要命。我還愛上了愛芳的畫，那些充滿色彩感的抽象畫，它們一眼就把我迷住了。

「來巴黎找我吧。」

「嗯。」

「不，妳乾脆搬來巴黎好了，反正也不遠。」

即使愛芳像命令一樣要求我搬家，但我也很開心。我還記得和愛芳淋著毛毛細雨走在杜塞道夫的大街上，她脫下淡灰色針織衫遮在我們的頭頂。朋友的體溫和淡淡的香水味守護著雨中的我們。

「記得寫信給我。」回巴黎前，愛芳一再強調。

我真的每週都有寫信，而且是用韓文。也許拼寫一塌糊塗，但托愛芳的福，我那支離破碎的母語又重新拼湊了回來。

——《不知不覺活到最後的人》（二〇〇二）

雨潤為了學衝浪，徹底累垮了，根本不用適應時差，太陽才下山她就睡著了，天一亮自然就醒來。醒來時，雨潤感到全身肌肉痠痛，從未使用過的側腰肌肉痛得差點讓她慘叫出聲。雨潤強忍著痠痛坐起身，只見躺在另一張床上的知秀握著手機還在熟睡，看到屬於油性肌膚的知秀鼻頭油光光的，雨潤笑了笑。是知秀拯救了我，是她讓我活了下來。

蘭貞推開嘎吱作響的木門走進來，坐在雨潤床邊，把鼻子埋進雨潤的頭髮裡用力地嗅聞。

「我女兒的味道。」

「不要聞啦。」

「就要聞。」

蘭貞執拗地繼續聞著。雨潤想起之前在新聞裡看到可以嗅出癌症患者體味的狗，於是從蘭貞懷裡掙脫出來。兩個人望向還在熟睡的知秀，她連睡覺的樣子看上去也充滿活力。

「是知秀拯救了妳啊。」

母女之間彷彿存在心靈感應。雨潤嚇了一跳。

「沒錯，原來媽媽也這樣想啊。」

「當時知秀也很小，眞不知道她是怎麼想出那麼完美的計畫的。」

雨潤記得有一天，知秀身穿吊帶褲出現在家裡，笑咪咪地宣布自己的計畫。

「我們，明年會去迪士尼世界。」

「我們？」

「妳和我，還有我姐和幾個大人。」

「去迪士尼樂園？」

「不是，是迪士尼世界，比樂園更大的地方。」

知秀故意拉長世界兩個字的音節，把錄影帶遞給雨潤。錄影帶的封面上畫有站在迪士尼城堡前、張開雙臂歡迎遊客的米奇和布魯托。這可能是知秀購買其他迪士尼卡通時贈送的宣傳錄影帶。年幼的雨潤心想，我可能去不了，但她沒有講出來。知秀也知道她在想什麼。

「等妳明年康復了，我們就去。放假去也好，翹課去也行，奶奶說讓我們自己決定。」

「奶奶？」

自那天後，知秀每週都會來找雨潤，她帶來從同學那裡要來、縐巴巴的小冊子，像打開尋寶地圖一樣和雨潤計畫起要先玩哪些遊樂設施。從第一天到第三天，從幾點開始排隊到中午吃什麼、買什麼紀念品，以及去哪裡看遊行和煙火秀，每週都會討論一個計畫。在知秀日後的人生中，很難再看到如此有計畫且周密的行動了，由此可見，那是一次例外的努力。長大後，當看到無拘無束、自由自在生活的知秀，雨潤才明白當年她其實做了一件相當傾注心力、且不符合自己性格的事。年幼的雨潤靠等待知秀忘記了痛苦，兩個人一起寫的計畫支撐著她，在雨潤想放手的時刻成爲一股力量，緊緊抓住了她。

但當兩個人眞的去了迪士尼世界，佛羅里達的酷暑、邊對年幼的她們罵「Chink」邊往她們腳邊吐口水的種族歧視者，以及至少要排三個小時的人龍徹底打亂了她們的計畫，兩人只好躲在陰涼處吃綠葡萄和甜瓜度過。從當時拍的照片可以看出，不光是生病的雨潤，就連體能測驗一向高分的知秀眼神也失去了焦距。但她們還是覺得很幸福，因爲願望實現了。隨著年齡的增長，她們都知道這種事不可能再發生了。

「比起那些血脈相連的親戚，我更喜歡知秀。」

「媽，妳明知道這和血緣一點關係也沒有。」

蘭貞起身時問道：「今天也要去衝浪嗎？」

「嗯。」

「不會太危險？」

這個問題，蘭貞已經想問好幾天了。

雨潤隨即送上準備已久的答案：「老師會一直守在旁邊，沒事的。」

雨潤不能告訴媽媽，衝浪是在碰觸不到海底的深度，以及跌下浪板時會撞到死珊瑚，還有一次腳繩從腳踝脫落了。雨潤不想說謊。

「那結束後我們碰面好嗎？」

「好啊，爸爸呢？」

「不用管他，就我們倆。」

「妳也太不關心他了吧？」

「唉，沒關係啦，他的姐姐們會照顧好他的。」

「姑姑們怎麼可能……」

＊＊＊

連日來，雨潤毫無進步。早知如此還不如跟奎霖去學潛水，但衝浪是自己心中的目標之一，況且如果連潛水也學不會，那豈不是更丟臉。雨潤無論做任何運動都不及別人，雖然與她生病有關，但只需要柔軟性的運動她也做得差強人意，所以只能說，她天生沒有運動神經。

雨潤每天都去學衝浪，但只成功過兩次。保持平衡後，先單膝跪在衝浪板上，然後慢慢起身時，總會有一種不祥的預感，這不祥的預感一直都很準。沒衝出幾公尺便跌進水裡，灌了一肚子海水，然後吃力地爬上衝浪板時，安迪都會皺著眉頭問她有沒有受傷。美國人眞的太愛使用眉毛了，所以額頭上的皺紋才會那麼深。即使雨潤在美國留學和就業多年，也沒學會使用眉毛，可能以後也學不會吧。

雨潤的視線移到安迪的胸口，看到了相當嚴重的炎症。初次見面時還沒發現，但這幾天似乎變得更明顯了。那應該是長期照射紫外線而長出的腫瘤，其他部位的皮膚看起來也很糟糕。難道他是爲了保護珊瑚，所以沒有使用防晒霜嗎？再不然就是覺得整日泡在水裡很麻煩，所以沒有塗？在醫療保險體系令人費解的美國，他應該沒去醫院做過檢查。這件事讓雨潤很放不下。透過上課前後的閒聊，雨潤得知了太多關於安迪的資訊。中年的安迪，是艾迪．艾考衝浪比賽的特邀選手，他住在位於北海岸的小山坡上，每天要開一個多小時的車到威基基海灘上班。沒有衝浪課時，他會在馬路對面的夾腳拖專賣店賣鞋。安迪說，如果雨潤想買夾腳拖，可以給她員工價。

「時間差不多了，我們再試一次吧。」

雨潤焦急地回頭看了一眼海浪，這次她成功站了起來，但沒衝多遠便不得不從衝浪板上跳了下去，因爲要避開套著游泳圈的孩子。不過就算那裡沒有孩子，她也會跌進水裡的。

「剛才的判斷力很好。」安迪輕鬆地划著衝浪板追上雨潤。

「但今天也沒有成功。」

「所有運動都是階梯式進步的，不要因爲不知道何時能上一個臺階就放棄喔。」

雨潤心裡嘟囔著，爲什麼只有自己的臺階這麼寬、這麼陡呢？她走到露天淋浴場，衝去了身上的鹽分。

＊＊＊

如果解說員說夏威夷一直都是和平之島的話，蘭貞應該不會相信他。頭頂白帽的老解說員用低沉的嗓音講解著戰爭和屠殺的歷史，然後若無其事地補充了一句：「但羅馬和希臘也是如此。」

他指著懸掛在空中的紅魚告訴大家，以前那是禁止女性食用的魚，然後也以同樣的態度說：「但其他的文化圈也爲了不讓女性吃東西找了各種藉口啊。」

聽到這種歷史會讓人心情很糟糕，但蘭貞也不得不承認這些都是事實。女兒和姪女的身高遠遠高出了自己這一代的女性，短時間內發生這麼大的變化很有可能是因爲營養狀態的關係。還以爲這麼美麗、夢幻的夏威夷會有所不同，但當知道女性的處境十分相似時，失望與安心奇妙的交融在了一起。解說員沒有表露過度的自豪感，也沒有憑空想像，坦誠、如實的講解讓蘭貞覺得可以信任。

接著，解說員帶領大家走在雕像之間，講解了很多蘭貞聞所未聞的神話故事。比如，把死掉的信天翁掛在脖子上的和平之神；率領鯊魚、魔鬼魚和烏龜的海神；淡水和森林之神；賜予說話和跳舞能力的神……雖然很快就會忘記這些從來沒聽過，也不是從書中了解到的故事，但蘭貞覺得這是很有趣的經驗。其中，最令蘭貞覺得印象深刻的是，夏威夷人對世界起源的解讀。

「一切始於珊瑚，而珊瑚源自黑色……」這句話聽起來如同咒語般。很多神話不是始於光或白色的嗎？蘭貞心想，如果把這種獨特解讀告訴女兒，她應該也會很喜歡。雖然女兒沒有自己那麼喜歡看書，但對媽媽感興趣的事也能提起興致。明俊就不同了，雖然他也會問蘭貞最近對什麼感興趣，但當蘭貞告訴他時，卻連一句附和的話也講不出來。每當這時，蘭貞都會覺得既然這樣，那還不如不問呢。

不久前，蘭貞發現明俊在自家的院子裡抽菸。雨潤生病時他就把菸戒了，怎麼如今又開始抽了呢？蘭貞無可奈何地看著明俊，明俊也沒有想要隱瞞的意思，而是說了一句傻呼呼的話：

「在院子裡抽總比站在馬路上抽好吧。那些坐在車裡的人只能看到我的腦袋，他們把車停在這種幽寂的地方約會，看到我都會嚇一跳，滿有趣的。」

「你不要嚇唬年輕人。」

「一點也不年輕，應該都是外遇。」

蘭貞想像了一下叼著菸的明俊把頭探出圍牆的樣子，不禁笑了出來。唉，他怎麼又抽起菸了？雨潤不是都康復了嗎？

「不許在家裡抽喔。」

「當然。」

蘭貞的叮囑似乎破壞了明俊的心情。蘭貞也知道明俊絕對不會在自己的作品附近抽菸，而且他每次開始工作前都會強迫自己洗三次手。二十年來，蘭貞一直在位於平倉洞的獨立住宅搬來搬去，而且都是那種天花板很高、有雙開大門的大房子，不了解情況的人都會誤以爲他們是富貴之家。有時蘭貞會馬上解釋，避免誤會，但有時乾脆什麼也不說。大部分情況都是先沉默，待日後再找機會說明。其實他們一直都住全租屋[11]。因爲明俊要從附近的美術館或畫廊搬運

11：房客繳納一筆押金後，期間不須再租金，待租約期滿時，房東須還回全部押金。

作品回家工作，無奈之下只能專門租這種大房子。要想把五百幅畫和大型雕塑搬進家門，就不得不找這種外國人蓋的老房子，但這種房子也越來越少了。每次搬家都要搬比別人多出五倍的家當，蘭貞已經受夠了。但不搬家就要買房子。現在住的地方有一個很大的房間可以當明俊的工作室，不僅沒有蟲子和老鼠，冬天也比之前住過的房子暖和。

難道不能單獨租一個地方當工作室，然後去住公寓嗎？找這種獨立住宅也漸漸成了一件難事。如果住公寓，還能養一隻可愛的小狗，這樣雨潤也會經常回國，說不定乾脆就留在國內了。雨潤小時候很想養狗，但蘭貞擔心養小動物對免疫力弱的雨潤不好，一直很反對。明俊也擔心小狗會咬壞那些畫，所以也沒有同意。

「我們家住在獨立住宅竟然不能養狗。那我只在二樓養，我會看著小狗不讓牠跑進你的工作室。」

「小狗萬一晚上跑到一樓來，咬壞我的畫怎麼辦？」

「我會好好看著牠，不會讓牠咬的。」

「牠那一口少說幾千萬，最貴的畫可要好幾億呢。」

「咬壞的話，你再修復不就好了。」

「人家爲了修復送來的畫，怎麼能在我手上再毀一次呢。」

不讓雨潤養狗的理由很合理，但看到垂頭喪氣的孩子也教人心疼。雨潤小時候最先學會的就是克制自己，不能亂碰東西，就算再好奇也不能碰。不僅是爸爸的那些畫不能碰，就連幾百個抽屜裡的工具、裝有化學藥品的瓶子和看似凌亂其實亂中有序的工作臺也不可以摸。雖說都是爲了雨潤的安全著想，但看到年幼的雨潤那麼克制自己，蘭貞和明俊也很自責。

雨潤曾養過一兩次鍬形蟲，但因爲抵不住老房子的寒冷，沒養幾天就都死了。每次鍬形蟲死掉時，雨潤都會哭得上氣不接下氣，蘭貞和明俊爲此很是擔心。最近蘭貞非常後悔當初沒有讓女兒養狗，明俊也希望能找一間合適的房子，在溫暖的家裡養女兒和小狗。養一隻小白狗，如果有淚痕就好好幫牠擦乾淨。如果流浪狗收容中心沒有小白狗，那就領養一隻毛茸茸、像棕色小熊的狗。小黑狗也不錯，但怕夜裡會踩到牠，最好安裝感應燈。聽說朋友不小心在夜裡把養的黑貓的腿踩到骨折，讓明俊很驚嚇，看來朋友過於相信貓的敏捷性了。

蘭貞走出博物館，搭乘緩慢行駛的公車前往威基基海灘。有別於韓國，原本只要十五分鐘的車程，夏威夷的公車竟然開了一個小時。公車在不妨礙路況的情況下，以最慢的速度行駛著，而且車站也非常密集。司機擔心使用助行器的老人摔倒，所以保持著一致的速度。這與早已習慣緊急煞車、緊急出發和緊急轉彎的韓國公車形成鮮明對比。

在韓國搭公車根本沒辦法看書，但在夏威夷就可以，蘭貞翻開專門爲這次旅行挑選、收錄了夏威夷移民世代口述史的書，書中的人物比沈時善女士早了二、三十年來到夏威夷，有的人舉家移民，有的女性則是孤身一人成爲照片新娘來到夏威夷，也有人是因爲宗教或經濟原因。這是一本以文字的形式紀錄各種堅忍不拔的故事、口吻詼諧幽默的書。蘭貞很感嘆，竟然有人策畫記錄了這些口述史。當經過書中提到的地點時，蘭貞都會覺得像在看３Ｄ立體書。每次憑藉預感選對書時，蘭貞都會獲得近似於快感的滿足。

書中有夏威夷，抬起頭便能看到夏威夷，蘭貞險些錯過了該下車的地點。下車後，蘭貞看到提早在約定場所等的雨潤，女兒望著夏威夷拼布店櫥窗的背影可愛極了。孩子什麼時候長這麼大了？套在濕漉漉的泳衣上的衣服也濕了一片，但雨潤毫不在意，晒黑的背看起來那麼健康。

雨潤是健康的，蘭貞像唸咒語般的喃喃自語著。

「想要嗎？」

聽到蘭貞的聲音，雨潤搖了搖還在滴水的頭。

「太漂亮了，大幅的作品比小的更漂亮，但我那裡沒地方掛。」

「等我們逛兩圈，到時候還是念念不忘的話，就再過來。」

母女倆津津有味地吃了在地人不會覺得好吃的美食廣場食物，然後在街上漫步，全世界隨處可見的品牌專賣店裡的夏威夷限定版，讓人看得賞心悅目。

「看多了就不怎麼想買了。」

「嗯，該有的也都有了。」

因爲京兒天天在沖咖啡，兩人很想喝點別的飲料。她們來到咖啡店，點了用大玻璃杯裝的鳳梨汁，觀察起來往的行人，光是看著從世界各地飛來的人們漫步街頭的樣子，也覺得心情愉快。

「媽，妳也太不關心老爸了吧？」

「妳爸應該去美術館了。」

明俊喜歡在不同的時間、不同的天氣欣賞同一幅畫。

「妳不說，妳姑姑們也天天盯著我們呢。」

「姑姑們？」

「應該是擔心我們黃昏離婚[12]吧。」

「你們結婚超過二十年了？應該還沒到黃昏吧！」

「黃昏和離婚，妳好像更在意黃昏喔？」

「唉，很難講。姑姑們這樣是不相信爸爸啦。」

「也是，誰教他有前科，的確教人不放心。但她們又不是父母，做姐妹的太誇張可不好。再說我們也都一把年紀了，也該有各自的人生了。」

關於明俊的前科，蘭貞和雨潤都覺得很神奇。明俊年輕時遠赴義大利攻讀美術，成了美術修復師。他在那裡與女友閃婚，又在兩個月後閃電離婚……家人都不知道該把這件事看成重大事件，還是一樁奇聞逸事，就連很開放的姑姑們也大受衝擊。每次提起這場夭折的婚姻，大家

12：指結婚超過二十年的中年夫婦離婚。

便會猜測，也許是因爲那場在中世紀建造的市政廳大樓裡舉行的婚禮，只有從德國飛去義大利度假的約瑟夫一個人順道去參加，其他人沒有出席的關係。

「沒想到爸有這麼果斷勇敢的一面。」

「他不是果斷勇敢，而是膽小鬼，他是怕姐姐和妹妹勸阻他，所以選擇了逃避。」

悲劇來得太快，兩個人還沒來得及登記結婚就離婚了。姑姑們還拿那個叫琪亞拉．謝爾西的人的名字開玩笑，叫人家「琪亞拉，馬[13]！」當年青春期的雨潤聽到大人提起這件發生在自己出生前的悲喜劇時，還在猜想是不是因爲當時是八〇年代中期，迫於亞洲傳統觀念的壓迫，爸爸才不得已早早結束了第一場婚姻。但這件事與雨潤猜想的完全不同，是那個琪亞拉和前男友重歸於好，拋棄了明俊。雨潤纏著最愛聊天的明恩，了解事情的眞相後才放下心來，而且自那之後，覺得爸爸更可憐了。

「你爸是被義大利電視劇利用了。唉，我看那女生一開始就是爲了誘導前男友的嫉妒之心才選中你爸。那女生也夠可笑的，妳出生時還寄來禮物呢。」

「嗯，我的兔子娃娃是她送的，我最愛的娃娃。」

「義大利人很會做東西，軟綿綿的。」

「不管怎麼說，人家也算對約瑟夫爺爺盡孝了。」

「唉，別提了，妳爺爺去度假，結果假期都還沒結束，就遇到兒子離婚這種事。那麼溫和的一個人，壽命肯定因爲妳爸縮短了一兩個月。」

雨潤聽蘭貞這麼說，突然覺得曾經牽過自己手的爺爺也很可憐。也許沈時善家裡的男人都很可憐。這場始於激情的醜聞如幽靈般漸漸模糊不清後，最終變成了沈家兩個男人的玩笑。

「這麼看，妳還眞像妳爸。」

「嗯？」

「妳爸爲了學美術留學，結果迷上了美術修復。妳爲了學雕塑留學，結果迷上了現在做的事。」

「概念藝術。」

「嗯，就是那個。」

雨潤和明俊聊到專業時的表情和姿態極爲相似，這讓蘭貞既神奇又意外。父女倆的話題主要圍繞著工具，像是牙科使用的鑽針或組裝公仔的工具做得有多精緻、實用。除了討論可以使用的工具，有時也會聊到其他領域，從相信實力來自捨得買好工具這一點來看，他們的確是一對很像的父女。

「最近也用黏土嗎？」

13：韓文「치아라，마！」慶尚道方言的諧音。原文可理解為：「算了吧！」、「離了吧！」

「嗯。大部分情況使用 3D 模型，偶爾也會用黏土。雖然都用圖像製作，但有時為了省錢，做電子動畫的時候，某些部位還是得用黏土。」

「和機器人一樣嗎？」

「我們就只是在機械裝置表面抹一層黏土而已。不過明知道裡面什麼也沒有，偶爾也會嚇一跳的。」

「很有趣耶。」

蘭貞心想，女兒做這麼有趣的工作，肯定不會回國了，一家人住在一起再養一隻小狗的夢想也不可能實現了。美國比韓國的工作機會更多，待遇也更好，等明俊退休後，夫妻倆移居 LA 或許更實際一些，但美國糟糕的社會保障制度又很教人傷腦筋。

「在 LA 怎麼沒學衝浪？」

「海邊離家太遠了，而且那裡的浪太大，壓力很大。」

「回去後打算繼續衝浪嗎？」

「不會，我太忙了，應該沒時間。」

「那就做做瑜伽，瑜珈不危險。」

「媽，瑜伽也很危險好嗎？我認識超多人做瑜伽受傷的。」

「少騙人了。」

「有的人做倒立摔傷，還有人從空中吊床上掉下來。」

「那妳就靜靜地呼吸好了。」

蘭貞嘴上這樣講，但心裡清楚年輕人是不會聽話的，雨潤一定會跌倒、會受傷，但自己都無能爲力、幫不上忙。當朋友抱怨自己的女兒不想獨立，整天關在房間看漫畫時，蘭貞很想告訴她們，那也是一種福氣。也許她應該多和那些送孩子出國留學或移居國外的父母聚一聚。應該有這樣的父母寫的書吧？世上有各種主題的書籍，這讓蘭貞很安心。雖然不見得所有書都是好書，但莫名其妙的書偶爾也能戳中意想不到的笑點。

「不久前，我讀了一本編輯得很怪的書。」

「是什麼書？」

「地衣。」

「那是什麼？像紙一樣的東西嗎？」

「不是，在森林深處走不是可以看到樹幹上沾的綠色東西嗎？那東西就是地衣。看上去像植物，其實是與植物和菌類共生、在無法獨立生存的環境下生存的生物。」

「哇，好神奇啊。」

「我覺得有點可怕耶，越讀越覺得像是外星生物，也很感嘆人類竟然能在這種到處都是奇異生物的地方生存下來。」

「我也想看一看那本書。」

「但讀到一半，突然冒出了很多食譜。生物學的書莫名其妙教起了料理……」

「少騙人。」這次雨潤模仿蘭貞的口吻說道。

「真的啦。書上說，黑木耳也屬於地衣類，然後介紹了一堆各個國家怎麼吃黑木耳的內容。有醬油涼拌……」

「內容也太扯了吧。」

「書很薄，作者可能是想多加幾頁內容吧。」

「妳這樣說，我以後吃到黑木耳一定會想起這些內容，不要再講了。妳不如寫一本關於編輯怪異的書的書，怎麼樣？」

「少跟妳奶奶一樣，一天到晚提寫書。妳以爲寫書很了不起是吧？只要臉皮夠厚，誰都能寫。比寫書更難的是在那些厚臉皮的人出版的破爛裡找到一條出路，發現有價值的書。」

「哪有人會講破爛這種話啊？妳也太奇怪了，奇怪的老媽。」

蘭貞的用詞逗得雨潤哈哈大笑。母女倆走到購物中心遮陽傘下的一個攤位，桌上擺滿各種利用小玻璃做的飾品。頭上圍著漂亮印花頭巾的店員走到雨潤身邊，爲她介紹耳環和項鍊。

「媽，這是海玻璃。」

「海玻璃？沖上岸的那些玻璃？」

「嗯，這些都是他們用撿來的那些又小又圓的海玻璃做的。」

「我們各買一個？」

蘭貞和雨潤挑選了自己喜歡的飾品，照了照小鏡子。因爲很多都很喜歡，最後還買了知秀、和秀、明惠、明恩、京兒和海霖的。雨潤接過挑選的飾品，開始苦惱誰更適合哪一款。蘭貞心想，就應該這樣花錢，不然等去不了ＬＡ的時候，一定會後悔。

17

主持人 您的文筆獨特，沒有與您的文章雅趣相似的作家，請問祕訣是什麼？

沈時善 也許是因為我的文章就跟掉在地上摔碎的碗一樣吧。韓語和小時候學過的日語、英語、德語在腦海中沒能和諧的融合在一起，四分五裂的出現了很多條深溝。就像深溝高壁之間要搭建吊橋連接兩端一樣，對我而言寫作也和修補裂痕一樣，所以大家才會覺得獨特。的確會有這種感覺，因為人們會覺得完美無瑕，或是破碎後重新修補的東西更為美好。

——《與市民共度的文學之夜》錄音（一九八一）

只有我英語不好。

這讓奎霖感到非常驚訝。媽媽、阿姨、舅舅、表姐，甚至連妹妹海霖的英語講得都非常流暢，大家可以很自然地與人交流，唯獨自己聊不上幾句話。因爲奎霖平時話不多，大家似乎都沒有察覺，而且家人都非常有語言天賦，也不會顧及其他人，奎霖不知道這算不算値得慶幸。直到有一次在家庭聚會上，泰浩小聲跟奎霖搭話時，奎霖才發現原來不是只有自己察覺到這一點。

「他們講話的密度太高了，很累吧？」

媽媽常在姨丈不在場時，開玩笑說他是一個與身材相比沒有存在感的人。沒有存在感，不表示沒有洞察力。他和明惠阿姨在一起，有存在感才奇怪吧。全家人聚在一起聊天時，空氣中瀰漫的詞彙好似麥片一般，感覺都可以放在嘴裡咀嚼了。要消化那些語言是一件很吃力的事，長時間的家庭旅行也讓人疲憊不堪。奎霖之所以選擇一直泡在水裡，是因爲他連不想講話這件事也不想再多想了。潛水時，只要默數閉氣時間，慢慢潛入水中，把注意力集中在呼吸、體溫和肌肉上就可以了。奎霖只希望感受從嘴裡吐出的空氣氣泡和體內不停移動的小分子。

不去思考，便會覺得時間像靜止了一樣，又或者是跨越了時間。就像從史前時代、中生代到古生代，一直生活在海底的生物，彷彿就算陸地上的世界毀滅，也可以一直潛在海底。

奎霖打算晚點再跟媽媽講想換一間補習班的事，轉學似乎不太可能……奎霖漫不經心地摸了一下海底的沙子，不知道小針魚群是出於戒備還是好奇，牠們圍著奎霖轉起了圈。透明的小魚擁有測量距離的驚人能力，牠們始終與奎霖保持一定的距離，奎霖靠多近，小魚便會退多遠。

即使奎霖想藉助海底的景色停止思考，腦海中還是不停浮現上學期變疏遠的兩個朋友。三個人從國中開始唸同一間補習班，補習班規模不大，卻很有名。即使換了學校、分了班，三人始終在補習班的同一個班級，所以變得越來越親密。給奎霖取「家鄉水餃」綽號的人就是韓光。

「我常點家鄉水餃吃嗎？」

「嗯。」

「就算是這樣，也不至於當成綽號吧。」

「不是啦，這綽號剛好反映了你的性格。你有好幾次機會可以從家鄉水餃進化到冷凍水餃，但你只滿足於家鄉水餃！你是容易滿足的性格。巧克力也只吃GHANA都不嫌膩。你就像國文課講的『安分知足』，像個書生一樣。」

韓光不只叫奎霖家鄉水餃，也會叫他GHANA和安分知足。儘管奎霖在家被阿姨、表姐和妹妹包圍，就讀的也是男女合校，但還是很喜歡和韓光做朋友。韓光是單純的女生朋友，奎霖喜歡從這樣的朋友身上找到均衡感。

道映在補習班不是坐在奎霖旁邊，就是坐在後面，他經常大聲地叫韓光幫奎霖取的那些綽號。道映很幽默，而且在學校就在奎霖隔壁班，不管是上學還是去補習班，兩個人總是形影不離。奎霖喜歡運動，道映喜歡玩機器。奎霖很喜歡跟韓光、道映和另外兩個同學一起去補習班旁的辣炒年糕店，大家一起看著掉漆的破鍋，一邊嫌髒，又一邊津津有味地把辣炒年糕掃光。

如今再也不能去了。不知道是身體還是心裡，奎霖覺得像漏了氣一樣不舒服。非常不舒服，卻不知道怎麼處理這種不舒服。

奎霖知道問題出在道映身上，他有時玩笑開得很過分，每次說明星壞話時都會與韓光起衝突。上高中後情況更嚴重了。奎霖根本不記得他們每次吵架時自己是什麼表情，後來韓光對他說，你那副想化解尷尬的笑容，比道映還讓人看不順眼。

經常與韓光爭執的道映建了一個群組，只邀請了補習班的男生。這件事徹底毀掉三個人的友誼。道映會上傳女團成員的照片和梗圖，還結合大家對補習班老師的不滿，和只有補習班同學才懂的笑點P圖上傳。隨著留言的人越來越多，道映對未讀訊息產生了疲勞感，最後乾脆關掉了群組提醒。

出事的星期天，奎霖和爸爸去爬山，手機沒電了。當天，道映上傳了韓光的合成照，尺度非常過分，連補習班的女生都很快就看到了照片。一對情侶在約會時，女生看到男友手機裡的照片，之後照片就這樣傳開了。奎霖回到家充電後，手機接連出現了未接電話和簡訊提醒。那天和韓光通話時，韓光哭喊著，還罵了髒話，她埋怨奎霖，怪他袖手旁觀。

如果這是在學校發生的事，學校至少會做出處罰。但因爲是校外補習班，補習班只開除了道映和在群組裡附和的人，指責道映的人則留了下來，但這樣的界線十分模糊。奎霖的父母到補習班向老師解釋奎霖沒有看到照片的前因後果，補習班接受了父母的說法，但韓光並沒有。

「你覺得冤枉嗎？冤枉得要死了？」下課休息時，韓光跑來追問奎霖。

一開始奎霖也覺得很冤枉，要是那天有看到照片，自己也會指責道映的，這樣韓光就不會誤會自己了。與其說這種委屈是對韓光，倒不如說是對當時的狀況。但聽了韓光的逼問，奎霖的委屈消失了。

「你每次就只是呆呆地看著，是你的袖手旁觀助長他惹出這麼大的禍。那些男生建立群組、邀請你時，你不是也同意了嗎？你沒有退出啊！別人告訴我的時候，你什麼也沒做。就算金道映本來就是那種傢伙……啊，你沒看到照片？去爬山所以沒看到？好吧。我覺得這幾年和你們關在這個狹窄又沒有窗戶的地方眞的很……很噁心，噁心至極。」

奎霖沒有辯解的餘地，他知道那沒有任何意義，因爲他知道和秀身上發生的事。那個自殺的男人向和秀丟鹽酸瓶，全家都親眼目睹了加害者扮演受害者的醜陋，所以奎霖無法做出相同的事。在加害與被害之間，奎霖承認自己更接近於加害，因爲在手機沒電和出事前，他只扮演了一個旁觀者。

奎霖覺得自己和韓光的關係再也無法修復了，現在能爲韓光做的就只有讓出空間，他願意離開補習班在家聽線上課程，也不介意韓光與其他人成爲朋友。令奎霖痛苦的是開學回到學校後，每次在走廊遇到道映，他都會感到自己與道映之間其實並沒有多遠的距離。

如果又遇到這種情況怎麼辦？我再也不想遇到這種事了。運轉又慢又單純的大腦讓奎霖頭痛欲裂，來夏威夷以後頭沒有那麼痛了。好想住在夏威夷，或者和夏威夷相似的地方。如果能去一個沒有那麼愛惹事生非的韓國人，而且可以在海邊度過大部分時間的地方就好了。

有時，奎霖也會突然冒出去跟韓光道歉的想法。我應該幫妳，應該阻止那些傢伙做出這種事，我和妳當了這麼久的朋友，卻……奎霖很想買一份特別的禮物送給韓光。不然問一下表姐的意見？她們也遇到過類似情況嗎？也曾與總是楞在一旁的朋友斷絕往來嗎？雖然不知道她們能不能幫上忙，但奎霖沒有信心能用不是辯解的方式說明來龍去脈。奎霖還是放棄了道歉和請教表姐。

「妳像引號，總是一本正經。我有點呆頭呆腦，所以像逗號。雨潤是基本表情，所以是問號。反倒海霖很堅定，像句號……你呢，像刪節號，刪節號。」

奎霖把知秀的玩笑話當成一種啓示。有些話的確沒有必要講，像是不委屈的人想說的委屈話。奎霖深思熟慮後，沒有開口講出過濾後的話。既然天生如此，那做一個刪節號也沒什麼不好。腦海中的想法與水溫不同的水流很像，才迎面而來又很快地散開。奎霖看到蔡斯的手勢，開始慢慢朝水面浮上去。

＊＊＊

「媽，買一雙蛙鞋給我。」

該說的話沒說，奎霖反倒提出買蛙鞋的要求。

「行李不會超重嗎？而且回去你也用不上啊。」

「我會用的，買一雙給我吧。」

租的蛙鞋都不合腳，所以腳跟很痛。奎霖給京兒看了看自己通紅的腳跟。

「好吧，但這得放在你自己的行李箱裡，我可不會幫你裝。」

母子達成協議後，晚上跑了好幾間店才買到一雙尺碼剛好的套腳式蛙鞋。黑色的橡膠彈性很好，感覺無論過多久都不會裂開，奎霖覺得這雙蛙鞋可以穿一輩子。

走出購物中心時，母子倆遇到了泰浩。

「京兒！京兒！」

姨丈和一個不認識的大叔勾肩搭背地走過來。

「你們說有多巧，我竟然在這裡遇到國中同學了！神奇吧！地球就是這麼小！」

京兒隨意地打了聲招呼，奎霖卻羨慕不已。如果有一天，在遙遠的異國他鄉遇到韓光時，也能這麼高興地打招呼就好了。奎霖明知這是不可能的事，內心還是無法放棄一線希望。

18

我從杜塞道夫搬去了法蘭克福，在那裡懷了第一個孩子。雖然法蘭克福是一個搭火車很快就可以抵達的地方，但畢竟是另一座城市，而且那裡的人對我們漠不關心。但究竟是誰呢？是誰非要把我的消息告訴馬緹亞斯的呢？

有人說馬緹亞斯有自殺傾向，我知道那不是事實。正如驗屍報告所言，他的肝和肺最多只能再撐個幾年。他做出這樣的選擇，只是想徹底毀掉我和約瑟夫。我也不想把他想得如此糟糕，可是我腦海裡總是會浮現出馬緹亞斯哼著歌、準備尋死的畫面。仔細分析就可以知道，他寫給我的情書兼遺書，都在交代律師要處理的事情。

閣樓的窗戶對著後院，所以馬緹亞斯才會從四樓朝馬路的窗戶跳下去。他放著最高的閣樓窗戶不跳，而是從朝馬路的窗戶跳下來，這的確是馬緹亞斯會做的選擇。雖然很多人從四樓高度跳下來也不會有事，馬緹亞斯卻當場死了。

馬緹亞斯在遺書上寫道，他太愛我，所以無法忍受我的背叛，即便如此，他仍願意把畫、房子和所有財產留在我的名下。就這樣，我成了整個歐洲憎惡的對象，成了讓才華洋溢的畫家走向毀滅的亞洲妖女。雖然當時的媒體傳播速度比現在慢，但當時的民眾和現在的人一樣熱愛八卦。各種嘲諷很快演變成暴力，有人用石頭砸碎我家的玻璃，把垃圾全丟在我家門口，走在路上還會遇到語出威脅的人。正如馬緹亞斯所期待的，沒有人去分析他的意圖。就這樣，從那顆摔碎在地上的腦袋想出來的計畫一步步成真了。

有一種自殺是最終形態的加害。可以肯定的是，他想殺死的是他自己，但他最終想殺死的，是我的幸福、我的藝術和我的愛。正如馬緹亞斯無法起死回生一樣，他執拗地想置我於死地，永世不得翻身。

無奈之下，我和約瑟夫去了巴黎，躲進閔愛芳的家。從杜塞道夫到法蘭克福，從法蘭克福到巴黎，我們就像沿著某人畫好的路線一樣移動著。愛芳的父親為我們準備了房子。至今愛芳的父親仍被世人懷疑當年曾與殖民地叛國者做過生意。身為擁有女兒的父親，他的確是走在時代前面的人。在那樣的年代，如果沒有像他這樣的父親，愛芳是不可能獨立和產生勇氣的。那樣的年代唯有畫下句點，才能視為一種慰藉。毫不畏懼的愛芳保護著心驚膽顫的我們，她擔心我會流產，還延後了回國的時間。等我進入安全期後，愛芳勸我和她一起回韓國。

當時，回國並不在我的計畫中，但全歐洲都在憎恨我，也只能這樣了。約瑟夫也欣然同意。愛芳回國後，立刻邀我幫她寫收錄在畫展別冊的短評。我知道她是為了鼓舞整日無精打采、臥床不起的我，而這件事改變了之後的一切。

——《我找回了話語權》（一九九七）

這也算是一種變身了。沈時善回國後，階級、地位和職業都變了。這都是閔愛芳一手打造的，她在被全歐洲憎惡的沈時善身上又包裝了一層神祕感。了解時善的和秀可以看出，奶奶在書中略過了閔愛芳打造這一切的細節，愛芳是連接奶奶與他人的橋樑，像經紀人一樣幫助奶奶規畫了職業生涯。閔愛芳女士好似一隻擁有華麗羽毛的鳥，她善於誇飾，卻沒有把這種才能用在自己身上，而是用在她喜歡的人身上，大家心知肚明，但還是欣然地選擇相信她。其實，閔愛芳在可以稱爲女士之前便離世了，因此不僅是和秀，連明惠和明恩也不太記得她。

「她好像有很多帽子。」

「我們入學的時候，她還送過我們很漂亮的鋼筆。我們好像還很聽她的話呢。」

「我很喜歡她身上濃濃的香水味，是什麼香來著，梔子花香？」

大家記憶中的愛芳已經很模糊了。這位只存在於照片中的奶奶的朋友，全心全意幫助奶奶在韓國美術界立足。奶奶在糟糕的環境下咬牙苦撐取得的學位也有了回報。其實只要沈時善下定決心，還是可以重拾畫筆的，但她自己選擇了放棄。身邊的人都無法理解她爲什麼不再作畫，也許是她本人突然厭倦了，就連原有的畫也都處理掉了。馬緹亞斯執意留給時善的畫和她自己的畫全部留在了杜塞道夫，被遺忘在灰塵之中，直到被盜走後，又漸漸浮出了水面。

時善回國後，用寫作代替畫畫。她的奇特文體一開始像是把德語或英語翻譯過來的韓語，之後隨著漸漸找回母語的語感，文體變得自然又有力。她起初只能寫十二到二十頁的短文，四處投稿刊登在雜誌上，後來還出版了單行本。時善原計畫只在韓國停留三個月左右，沒想到過了一兩年後，決定不回德國了。又過了十年，約瑟夫一個人回到了德國。時善在愛情與語言之間選擇了語言，她是無法保持沉默、不表達的人。明惠假裝成熟地接受了父母離婚的事實；明恩因爲這件事受了傷，之後改隨時善的姓氏；明俊最思念約瑟夫，所以每當學校放假，都會飛去德國。

爲了扶養三個孩子，時善寫了隨筆集。和秀沒聽說過奶奶和爺爺是怎麼分財產的，她以爲奶奶在手頭緊時，也想過要賣掉馬緹亞斯的畫。但其實，時善已經在適當的時機把畫都捐給了美術館，一直都只靠寫作維持生計。關於人們都好奇的私生活，她沒有一次都寫出來，而是以碎片的方式一點一點寫成文章。至於世人想知道的那些八卦，她也只是蜻蜓點水的一筆帶過，然後用想對世界表達的語言填滿了整本書。這是時善的明智之舉。另一方面，寫作也成了她理解和探尋自己的過程。

「既然是能看穿所有事的人，爲什麼用了那麼久時間來消化發生在自己身上的事呢？」

「那是因爲，奶奶當時不知道我們現在懂的名詞。」

「名詞？」

「煤氣燈效應（gaslighting）和性誘拐（grooming）這種詞。如果知道這些定義好的概念，就不用字字句句去解釋，處理問題的起點也會不同。」

和秀常常會被知秀的聰明嚇到。人們只看到知秀愛玩的一面，以爲她不聰明，事實並非如此。和秀非常珍惜妹妹的腦細胞，之前夜店流行吸快樂氣球裡的氮氣時，她很擔心妹妹會變笨，多次囑咐知秀千萬不可以湊熱鬧。

「姐，這不能怪奶奶。」

「我沒怪奶奶。」

「奶奶等於是單槍匹馬地上戰場，打得非但沒有效率，而且好像也沒有打贏。但人都是這樣，就只能看到時代呈現出來的東西而已。」

「不過我們的奶奶是能看到時代另一頭的人。」

「話雖如此，但她當時不過就是我們這個年紀的女生。不，應該比我們還小。」

和秀心想，也許自己有在心裡怪過奶奶。正如時善在書中寫的那樣，「有一種自殺是加害」，和秀對這種反覆上演的加害心生厭惡，進而埋怨起時善。在和秀眼中，時善是一位長者，所以她才下意識地認爲，如果時善率先斬斷那條沉重、骯髒的鎖鏈，悲劇就不會反覆上演，也不會延伸到自己身上。

我也是大人了。

不可能永遠都是女兒、外孫女、受保護的對象，但要怎麼做才能活得像一個大人呢？雖已成人，但如何成爲眞正的大人？我不能整日只靠睡覺來打發時間，這是一種退化的狀態。雖說睡眠是身體守護心靈的方式，但現在該是時候醒來了。家人都很理解這樣的和秀，但她現在連被理解都感到厭煩。

他媽的，這種事竟然發生在自己身上。和秀從沒想過自己會說出「他媽的」，但用在有害的男性身上，沒有比這句髒話更適合了。奶奶說過，罵髒話也是一種表達方式，但要罵得準確且有爆發力。

「應該不存在死後的世界吧？」

「唉，不存在的話，就太可惜了，我死後還想聽音樂呢。」知秀像隻肥貓那樣伸著懶腰說。

「如果奶奶還存在於這個世界，一定不會讓那種事發生。雖然無法改變全世界，但她至少會保護我。」

「像傘妖一樣？」

聽到知秀無厘頭的話，和秀想像了一下傘妖，但還是失敗了。

「不是，嗯……她應該會在白板上寫下警語，或是絆倒那傢伙，讓他從樓梯上滾下去，然後把鹽酸都灑在自己身上。」

「如果存在死後的世界，奶奶肯定是一個很有創意的鬼。但什麼事也沒發生，可見真的沒有死後世界。好想念奶奶啊。姐，我拿走了奶奶的釦子盒。」

「釦子盒？」

「就是一個鐵盒，裡面都是釦子。新買的衣服上不是會多縫一個釦子嘛，奶奶把那些釦子分別用紙包了起來。釦子都長得差不多，奶奶怕搞混，還在紙上標記是哪件衣服的釦子，結果好像都沒派上用場。盒子裡都是釦子和奶奶的字跡，我只要打開那個盒子就會掉眼淚，厲害到都能當演員了。演哭戲時只要打開那個盒子，立刻就能爆哭。」

「居然有那東西？不用拿給我看啦，家裡那麼亂，奶奶竟然還會整理釦子，也太沒原則了吧。我看到奶奶家都是包浩斯家具，嚇了一跳，煙灰缸和燈都是瑪麗安・布蘭特設計的，一開始不知道，還差點拿去丟掉。」

「她剛帶回國時都是很普通的家具，沒想到後來會變得這麼珍貴。」

「媽說女人越是一個人住，越是要用好家具，所以都給明恩阿姨了，但她好像都放在倉庫裡。」

「阿姨經常搬家。總有一天會拿出來用的。」

「我好懷念奶奶常坐的那把藤椅，是不是丟了？」

「我房間裡留了一把。最近藤椅又流行回來了，看起來超自然的。」

「靠墊是新做的嗎？」

「嗯。量好尺寸去東大門訂做的，選了亮色大葉子的花紋。我記得拍了照片。那把藤椅縫隙裡都是灰，少說也積了三十年，妳不知道我用棉棒清得有多辛苦。」

「媽和奶奶的性格應該不合。」

「母女之間本來就很難相處。媽要妳參加這次旅行，妳也很累吧？」

「是我自己想來的。我們去吃鬆餅好不好？」

「我也想，但我有約了。」

拒絕姐姐的知秀略感抱歉。和秀心裡也有點怪怪的，但不是因爲妹妹拒絕了自己，而是她察覺到自己竟然下意識地認爲妹妹應該顧及自己的情緒。

「又要去見那個人？不會有事吧？不能隨便跟人亂跑。」

「蔡斯……沒關係啦。」

「也是，妳的直覺一向很準，家裡人就屬妳的直覺最準。」

「妳要是不放心就跟我一起去。」

「算了吧，我不去。」

知秀沒有勸說第二次。和秀看著妹妹爲了準備出門，拿起樣式都差不多的襯衫試來試去，就把自己行李箱裡的衣服也拿出來給她試穿，最後知秀偷穿了不在家的雨潤的衣服。見和秀目不轉睛地盯著自己，知秀心虛狡辯道：「雨潤不會介意的。」

「我什麼也沒說。」

知秀出門後，和秀也開始做起出門準備。只不過是盥洗和換一件衣服，和秀卻用了比知秀更久的時間，過程中還出神了好一會兒。她就像因貧血嚴重而無精打采的人一樣，彷彿在忍受著肉眼看不到的流血。她在原地愣了很久之後，才又動了起來。

和秀到了鬆餅店才發現自己沒把時善的書帶來，無奈只好拿起一份店裡的免費報紙。和秀覺得長吁短嘆不是大人會做的事，所以爲了不讓別人注意，她輕聲嘆了口氣。免費報紙上刊登著如何籌集地區所需的教育、保健資金的評論；因巨浪侵蝕海岸路而臨時封路的消息；在停車場搶劫和在國立公園使用非法無人機的嫌犯畫像；以及占了一整個版面、但篩選標準不明的國際新聞。後面還有訃聞版，電機技師、圖書管理員、皮鞋設計師、海軍老兵、鳳梨農場機器維修師、空軍老兵、飯店員工、經理人、砂糖工廠管理員、體育教練、後援會會長……看來從五十二歲到九十三歲的人都在這一個星期裡離開了這個世界。有的女性沒有標記職業，或被標爲主婦，有的人從名字可以知道是美籍韓裔。奶奶認識這些美籍韓裔嗎？就算不認識，可能也曾與他們擦肩而過吧。接在訃聞版下面的是二手物品和不動產廣告，夏威夷各地房屋的小照片刊登在報紙上，和秀盯著照片裡看似完美的庭園看了好久。

「妳打算買房子嗎？」老闆放下鬆餅盤子時問道，但和秀錯過了回答的時機。老闆拿過和秀手中的報紙，快速瀏覽了一遍後說：「如果打算常來這裡的話，這裡比較近喔。」

看到老闆那麼親切，和秀也問了一個一直想問的問題。

「這裡的鬆餅很好吃，我想讓家人也嘗嘗，請問可以跟您買一些鬆餅粉嗎？」

夏威夷的超市或便利商店裡隨處可見鬆餅粉。老闆用力擺了擺手。

「用那種市面上的鬆餅粉怎麼能做出這麼美味的鬆餅呢。絕對不可能。」

自己是不是失禮了，老闆會不會不高興？所以她才把店名取爲「Proper Expression」？和秀一時有些不知所措。

「妳把家人都帶過來吧。他們要是也和妳一樣都這麼骨瘦如柴的話，那我可得多做點鬆餅給他們吃了。」

幸好老闆沒有不高興。雖然她看著和秀皮包骨的手臂一直搖頭，但和秀也沒有不高興。沈家這幾個與奶奶關係親密的孩子都對上了年紀的女人很寬容。和秀把報紙推到一邊，開始認真吃鬆餅。月經已經停了幾個月，因爲一直在睡，總是錯過吃飯時間，就算吃了也不會被身體吸收。不過這間鬆餅店的鬆餅很神奇，感覺入口即化，直接就被身體吸收了似的。

和秀找到了想送給奶奶的東西。她一開始就想好了，但問題是怎麼說服這位自信滿滿的鬆餅店老闆呢？說服他人需要能量，和秀必須先提升能量，她瞥了一眼廚房的方向，但當天還是沒有把話講出口。

19

明惠 其實我小時候很羨慕那些擁有傳統母親的朋友，去朋友家玩，看到家裡乾乾淨淨的，真恨不得住在那裡。我們家的廚房髒得都長香菇了。身為長女的我很擔心這樣下去會有人食物中毒而死，所以天天打掃家裡。但家人那麼多，才打掃乾淨又會亂成一團。我媽對家事一點也不關心……以前就算了，現代人都認為放著孩子不管等於是虐待，一定會報警的。

明恩 不是，姐……已故之人根本沒辦法辯解，妳能不能別太激動啊。導演，拜託您幫忙剪接一下。

明惠 幹麼？誰教媽從小教育我們不能說謊，不然妳要我怎麼說？我女兒和其他孩子都很愛我媽，但我們和她一起生活過，真的太辛苦了，光有愛是不夠的。母女關係本來就很複雜。不過人生經歷過幾次失敗、離婚和繼父的公司倒閉後，又覺得這種不傳統的母親幫了我很大的忙。無論遇到什麼大大小小的事，她連眼睛都不眨一下，也從來不會用世俗的標準要求我們。

京兒 我覺得媽活在那個年代也很苦。托媽的福，我才能不在乎那些關於繼母的故事（笑）。家裡不是常有客人來嗎？那些客人就只會稱讚哥哥：「這小子必成大器。」

有一次媽聽得不耐煩，直接潑了一盆冷水：「那我這幾個女兒呢？這三個臭丫頭就只能成小器嗎？」我當時開心極了，因為媽說「我這幾個女兒」時正摟著我的肩膀，感覺也把我當成親生的。

明恩　這故事不錯，但臭丫頭這詞不太好吧，妳不能慎選一下用詞嗎？

京兒　不要因為導演是妳朋友就大驚小怪的，有什麼好緊張的。真是家裡典型的老二。總之，媽是一個價值觀很特別的人。去世前不久，媽蹲坐在陽光下，用打火機在那裡燒東西。我湊過去一看，她在燒別人送她的香奈兒太陽眼鏡的鏡腳，說是戴著太緊。

明恩　（嘆氣）這件事好像沒那麼重要吧。

明惠　不滿意的話，妳自己講啊。

——特別企畫《母女》（二〇一七）未剪輯版

明恩在夏威夷島不停地行走，走在破火山口周圍，走到觀景臺，走在一年前熔岩噴發後形成的新路面上。剛剛形成的路面看起來很危險，隨處可見對身體有害的火山毒氣從地面冒出來，明恩盡量繞開那些地方向前走。雖然很想親眼看看流淌出的紅色熔岩，但似乎錯過了那個時間點。

明恩原本打算邊走邊想著母親沈時善，但不知爲何腦中浮現的卻是父親約瑟夫·李。她覺得背叛了母親，心情有些異樣。都是因爲登山鞋，是父親教明恩綁登山鞋鞋帶的方法——在腳面打好蝴蝶結後，還要在腳踝處再打一個。所以每次調整鞋帶，明恩都會自然而然地想起父親。既然到了需要四輪驅動車和登山鞋的島嶼，便很難從母親身上抹去父親。

政府才宣布廢除戶主制[14]，明恩立刻改了姓。家人都不理解她爲什麼要這麼做，勸她過去的事就讓它過去吧，但明恩還是堅持改隨時善的姓。事過境遷，家人也沒有消除對明恩改姓的誤會。其實明恩改姓並不是出於對父親的不滿，而是因爲看到時善好多次叫錯孫子的名字。和大多數老人一樣，時善爲了叫一個孩子的名字，會接連叫遍所有孩子的名字，再不然就是亂改孩子的姓氏，把朴和秀叫成沈和秀、鄭奎霖叫成李奎霖、李雨潤叫成鄭雨潤。明恩心想，如果四

14：以前的法律規定戶主只能由男性繼承。若父親過世，戶主就由長子或長孫繼承。子女必須隨同戶主的姓氏，即使隨母親改嫁也不可以改性。此制度於二〇〇八年被廢除。

兄妹中有一個人改姓沈，應該可以幫她減少一些麻煩吧。雖然改姓是在父親去世後，但其實明恩並沒有顧慮這麼多。

明恩最後得出的結論是，父親是一個移居失敗的人。長大後她才慢慢理解了這些有可能發生的事情。那個年代少有人移居到無親無故的地方，如果他們搬去馬來半島的某個地方，會不會有更好的結果呢？雖然不知道那種可能性，但顯然約瑟夫．李沒有適應在韓國的生活。當時善如同藤本植物般纏繞在母語和韓國美術界，三個孩子也在韓語環境下成長時，約瑟夫始終處在浮游的狀態。自己記憶中的浮游表情是眞實的嗎？還是只是賦予脈絡的意義呢？

約瑟夫也嘗試做了一些力所能及的事情，從這一點來看，他也付出過努力。約瑟夫做過版權代理，把韓國畫家的畫介紹到歐洲，還計畫過開一間畫廊，但最後都因推動力不足而不了了之。難道是因爲韓語一直不見長進，還是不想再經歷一次獨裁的社會了？總之，約瑟夫沒適應在韓國的生活，與時善的感情也漸漸變淡，最後還得了思鄉病。

如果是一場哭得死去活來的離別倒也罷了，但約瑟夫說是要回德國處理一些事情，結果一去不返。明恩耿耿於懷的是這種不健康且卑鄙的離別方式。雖然約瑟夫透過寫信、打電話和邀請的方式想爲自己辯解，三兄妹還是受了傷，選擇了逃避和接受。

「也許我們就是那種必須存在外部壓力才能持續的關係。馬緹亞斯這個外部壓力消失後，這種關係也就不復存在了。這與你們無關，他沒有遺棄你們。」

時善以自己的方式得出了結論，明恩對此深信不疑，但她無論如何都不想承認馬緹亞斯對於父母的影響。

明恩最後一次去見父親，是為了參加學會而訪問慕尼黑時，她搭火車到杜塞道夫和父親相處了幾日。為了逗又老又瘦的父親開心，明恩聊起明俊失敗的義大利婚姻，誰知道約瑟夫覺得都是自己的錯，聊著聊著竟掉了眼淚。父親戴著厚厚的老花眼鏡，襯衫穿舊到發了光，他無論如何都想用德國式的英語向女兒道歉，這讓明恩心如刀割。

父親是一個善良溫和的人，明恩知道母親最初在父親身上看到了什麼，她可以想像父親年輕時的樣子。當時，約瑟夫的第二次婚姻也失敗了。明恩很想怪父親既然要過得如此孤獨潦倒，當初為什麼要離開我們。有時明恩會覺得很神奇，出生在不斷重複婚姻生活的父母膝下的自己，竟然選擇了不婚。

「年輕。」

明恩走著走著，自言自語了起來。腳下的大地太年輕了，無論走多久還是難以適應。這是一座地表與海岸線會隨著岩漿噴發而改變的島嶼。明恩覺得單獨行動，再搭一次飛機來這裡是明智的選擇，因為平時自己行走和發掘的都是年代已久且固定的土地。與之相比，這無疑是一次很棒的心情轉換。

「妳要挖地挖到什麼時候啊？都快變成土撥鼠阿姨了！」

明惠嘮叨了二十多年，最近好像放棄了。明恩很喜歡「土撥鼠阿姨」這個稱呼，真不知道姐姐是怎麼想到的。之前知秀離家出走時，明恩欣然地收留過她一次，讓姪女睡在家裡沙發上，她的家有著像洞穴般很低的天花板，自己似乎眞的很像土撥鼠阿姨。但有一點明惠誤會了明恩，她並沒有經常挖地。考古遺址發掘時必須盡量避免損壞，所以要先進行地表調查，遇到特殊情況時則需要試掘後才能進行發掘。年輕時爲了發掘文物傷了腰，上了年紀一定會很辛苦，不過整體來看，這還是一份很不錯的工作。

這項工作最累人的其實是行政工作，文物廳和財團發起的學術調查還算能夠應付，然而在建築用地發現文物時，就要耗盡所有能量展開心理戰。大企業都像流氓一樣，私人承攬企業也很教人傷腦筋。値得慶幸的是，彩券基金會在援助小規模的遺址發掘事業，爲學術和藝術提供了極大幫助。她希望人們能夠更習慣性的買彩券，每次明恩看到買彩券的人時，都會恨不得上前擁抱對方，告訴他們雖然幸運只會降臨在極少數的人身上，但您此時此刻爲保護險些遭受損壞的文物做出了貢獻。

「發掘調查報告寫得簡直無可挑剔，眞不愧是沈時善作家的女兒。」

雖然明恩沒提過自己的身世，但同事似乎都知道她是沈時善的女兒。這種話聽多了，明恩也就不以爲意了。看到明恩能靠寫報告和公文養活自己，時善也覺得不可思議，明恩自己也無法想像另一種人生的可能性。穿上口袋很多的衣服，探索年代已久的土地凝聚起的時光，這是再輕鬆不過的人生了。其他人的人生都沒有明恩這麼輕鬆，所以家人都希望她能繼續使用母親留在付岩洞家裡的東西。但這對明恩來說太沉重了。

明恩最喜歡的文物是國立扶餘博物館裡收藏的一款陶器，喜歡這款陶器並不是因爲它的華麗、稀有，這款陶器也與她個人沒有任何關聯。那不過是一款會展示在任何一間博物館的第一間展廳裡的普通陶器，型態像是在窯裡火燒時不小心壓歪了。可能當時的陶器匠人心想：「既然都燒出來了，那就勉強用一用吧。」匠人怎麼也不會想到自己的失敗之作竟然歷經一千五百年後，展示在博物館裡。

地下肯定還有更多精美的陶器，偏偏失敗作被發掘、保存了下來，放進玻璃櫥窗。如果這位公元前四世紀的匠人看到這個場景，會覺得多尷尬和荒唐呢？這是一千五百年的幽默，但對於察覺這一點的人來說，卻也只是一個一笑置之的笑話罷了。

幸好挖出來的是十世紀前的文物，而不是上世紀的遺骸，雖然發掘方式沒有太大的差異，但明恩還是無法想像要以怎樣的心態來發掘遺骸。乍看之下，發掘文物和發掘遺骸相似，但後者的悃然若失則更加難以形容。在T地的遺骸發掘調查工作即將展開，家人經常會問起這件事，明恩卻無可奉告。明恩不停走著，她邊走邊想，是不是自行阻斷了太多困擾自己的事？是不是把逃避當成了保護自己的盾牌？

遊走在意識與無意識邊界的明恩遇到了一個正在岩漿地面採集著什麼的人，他們四目相視，明恩用眼神打了聲招呼，就在她從那個人身邊走過時，對方突然站了起來。

「妳是植物學家吧？登山鞋、背心和褲子一看就是植物學家，我猜得沒錯吧？」

明恩一邊在心裡搖頭嘆息，覺得美國人實在太外向了，一邊轉身走了回去。

「不，我不是植物學家，雖然穿著很像，但我是考古美術學者，佛教美術。」

「眞的嗎？我竟然猜錯了……這麼一看，妳的笑容很像佛像耶！」

明恩笑著心想，拜託，希望他指的不是那種擺在亞洲餐廳裡、只有一顆頭的佛像。

「你在採集什麼？」明恩也產生了好奇心，邊看邊問。

「多型鐵心木。」

「這種植物是怎麼飄到熔岩剛凝固的地方開花的呢？」

「它的種子不靠風力傳播，而是靠水流，很了不起吧！」

向來只透過照片觀察植物的明恩接過植物學家遞上的一朵花，端詳了一番。

「經過這種花附近時一定要小心馬蜂，今年已經有好幾個人被螫了，差點鬧出人命。」

明恩把花還給植物學家的同時，感謝了他給予的實用忠告。植物學家折起帽簷打量了一下明恩，然後把花小心翼翼地夾在紙張中間，並在下方用拉丁語寫下花的學名後，遞給明恩。

「這是禮物。」

明恩在沒有預料到會收到禮物的地方收到了禮物。在這個地圖上尚未標記出明確位置的地方，竟然從偶遇的植物學家手中接過了花與花的名字。明恩有些不知所措，她心想如果是母親，一定會做出優雅的回應。明恩接過禮物，小心地放進包裡。

「謝謝。我想，我找到了來夏威夷島尋找的東西。」

夏威夷神話中提到，如果移動大島的火山石或把石頭帶離大島，會惹怒山女神佩蕾，還會被她詛咒。與其說明恩相信這些，不如說她更尊重當地文化。原本還在苦惱祭祀當天要拿出什麼，沒想到偶遇的人幫明恩解決了問題。這不是火山石，也不是這裡原有的東西，而是不知來自何處的種子在地表開出的花朵。如果是這樣，應該可以避免被詛咒吧。

明恩心想要送什麼回禮呢？她翻了一下背包，找到一個不知何時丟在裡面的小香包，上面還留有淡淡的檀香。遞出香包時，明恩還有些擔心美國人會不會覺得亞洲人怎麼還在用這種老舊的東西，但看到植物學家開心的表情，明恩打消了這個想法。就這樣，發掘年代久遠的土地的人與觀察新生地表的人，交換了小禮物。

大家看到明恩傳簡訊說自己找到了很讚的東西，已經準備回去時，所有人都焦慮了起來。

20

和夏威夷有關的記憶變得很模糊，不知是因為時間久遠，還是每天都過得太辛苦了。若每天都重複相同的日子，那腦中自然不會留下類似旗幟般的東西。更何況，旗幟也並非總是好的。我的腦海中時常浮現短暫且美好的片段，像是看到針葉過於飽滿的針葉樹時，會去思考它為什麼要叫針葉呢？我能回想起的，就只有這些瑣碎的記憶碎片。

為了填補記憶的空缺，我會特意看一些與夏威夷有關的書。不久前，我去了蘭貞的書房，那裡有很多五花八門的書，我借了一本關於熱帶魚的書。翻到關於羅蝶魚的章節時，看到雌性與雄性只會在水裡各自產下卵子和精子，牠們不會保護和養育下一代。我不禁心想，這樣的繁殖也太輕鬆了吧。這些父母在下一代還沒有受精前，就跑得無影無蹤了。令我驚訝的是，在這種簡單的繁殖結束後，一百三十多條魚中會有七十八條結為伴侶。即使不是交配期，兩條魚也會一起在珊瑚附近捕食。雖然學者尚未查明結伴捕食是出於方便，還是為了免受攻擊，也不知道成雙成對的魚是否都是由雌雄組合，但這種超越繁殖的關係，多少幫助我淡去了某一日的孤獨。

——《沈時善日記・一九九四年夏》

「呲——！」蔡斯打了個噴嚏。

「哇，你打噴嚏的聲音好特別喔。」

知秀笑著按下車窗，外面的熱氣瞬間湧入了車內。

「有嗎？我還是第一次聽人這樣說。」

「你下次打噴嚏的時候，可以錄音傳給我嗎？」

「啊？認眞？」

「嗯，我在收集人類打噴嚏的聲音。」

「收集這些做什麼？」

「現在還沒想好啦。」

「眞的有人錄給妳？」

「嗯，你想想看，我們會知道自己什麼時候要打噴嚏。」

「好，那我也錄給妳。」

「一言爲定！」

「嗯，所以妳平時也做收集聲音的工作嗎？」

「我每天會搜尋一首新歌、一種新聲音存進電腦，但我也不知道這工作適不適合自己。」

「爲什麼？」

知秀思考了一下該如何向蔡斯解釋這件事。最近接到的工作美其名爲ＤＪ，更像是在模仿

ＤＪ，在飯店泳池旁隨著牆上播放的 YouTube MV 刷碟。看似是ＤＪ，其實根本不是。即使這種工作的報酬很高，知秀還是會抑制住自愧感婉拒邀約，然後在參與正式演出後大受打擊，因爲聽到的評價都是：「妳這次的表演比起混音，舞臺效果很不錯，觀衆反應也很好。」知秀也認同對方的評價，心情卻會跌入谷底。知秀一直在思考混音時使用的「削音」一詞，起初知秀覺得把肉眼看不到也摸不到的音樂視爲工藝品的表達有些奇怪，但之後漸漸理解了「削」的意思，是更精緻的處理每一個音。然而自己卻沒有達到這樣的階段，如果能提升到這個階段，就可以徹底掌握全場了。知秀看過那樣的表演，所有人被削出來的精緻音節連接在一起，跟隨同樣的節奏舞動，但只有少數ＤＪ才能製造出那種只存在於幾秒鐘內的超然感。

「我好像沒有這方面的才能，一直無法提升實力。況且，全世界有那麼多ＤＪ，優秀的人早就占領一席之地了，哪還輪得到我……可能這也只是我暫時的工作吧，我這個人三分鐘熱度，換過很多工作。」

「別這麼說，我覺得妳是一個很喜歡接受新事物的人，所以才會不斷嘗試改變。初次見面時，妳給我的第一印象就是這樣，就像窗戶大開、通風很好的房子。」蔡斯說，就是因爲這樣才會想和知秀做朋友。

知秀聽後，心情好轉了。兩個人開心地玩了一天，按蔡斯的意圖，他們成爲了朋友。蔡斯帶知秀來到唐人街時，知秀猜測他也許是美籍華人的後裔。蔡斯介紹，唐人街這些老建築都是用當年商船的壓艙石蓋的，當時船靠岸後，船員覺得這些石頭沒用，就丟進了海裡，被華人移民者潛入海底打撈上來。看到蔡斯自豪的表情，知秀覺得自己應該猜對了。但蔡斯又帶知秀去了午餐肉飯糰店和日式炒麵店。

「哇，這炒麵比我在東京吃到的還好吃耶。」

聽到知秀的讚嘆，蔡斯很開心。

「這家比我奶奶做的好吃多了。」

知秀不禁心想，如果是做日式炒麵，那蔡斯應該是日裔？兩人駕車來到東海岸，知秀坐在有生以來見過最乾淨的沙灘上吃完午餐肉飯糰，然後認真把垃圾整理好。

「沙灘怎麼這麼乾淨？沙子裡竟然什麼也沒有，就只是沙粒。」

知秀環顧一圈四周，很快便知道了原因。海灘附近沒有停車場、商店、廁所、淋浴間和救生員。一望無際的海灘上沒有任何一個商業建築，或許觀光客會覺得很不方便，但顯然這裡的居民更早意識到了，還有比觀光更重要的事。因爲杳無人跡，當然就沒有垃圾，沙子自然乾淨無比。

「眞羡慕你住在這種地方，簡直就是天堂。」知秀遙望著遠處的石島說。

蔡斯聽到這句話，遲疑了一下。「話雖如此，但我還是準備搬家。」

「爲什麼？」

「這裡物價太高了，而且越來越高。」

「年輕人找不到工作嗎？」

「工作是有啦，但沒有能負擔得起物價持續上漲的工作，而且大部分工作都是服務業。這裡的房價、飲食和生活用品是全美最貴的，所以很多人都搬走了。」

「搬去哪裡？」

「加州，很多人都搬去了那裡。」

看到蔡斯淡漠的表情，知秀有些難過，她無法想像人們離開這麼美麗的家園，搬去別的地方。

「搞什麼，那這裡就不是天堂了啊。」

「這裡怎麼可能是天堂。」蔡斯似乎對知秀的話感到莫名其妙。

「那為什麼你們汽車保險桿上都貼著『Welcome to the Paradise』的貼紙，讓人產生錯覺？」

「那是出於對獨特自然環境的感情。但就算自然環境優美，也不等於沒有其他問題，這裡房價飛漲，也缺少飲用水和汙水處理廠。」

心情變得沉重的兩個人潛了水，上岸後在陽光下晒乾身子。因為沒有淋浴的地方，所以只能忍受著海水的鹽味和從身上掉下來的沙粒一整天。反正已經是朋友了，知秀也不在乎這些。從聊天中得知，蔡斯身上流著夏威夷原住民、瑞典和日本移民的血，這讓知秀很開心。

「我身上也流著德國人、峇峇娘惹[15]和韓國人的血！」

「我們眞是有夠複雜的地球人。」

「聽說再過五十年，全世界交流更頻繁後，大家都會和我們一樣。」

知秀既覺得很快會迎來那樣的世界，但似乎永遠也不可能實現。

「爲什麼大家只叫你的姓，不叫你的名字呢？」

知秀問了一個一直很好奇的問題。

「妳怎麼知道的？」

「我看到你弟弟的蛋糕上寫著全名。」

「嗯，那蛋糕眞是有夠大的。我喜歡大家叫我的姓，所以朋友們都這樣叫我。」

「原來如此。」

「尤其是青少年時期，我很討厭那些能看出性別的名字。現在是一個轉換期，已經沒那麼討厭了……」

知秀感到很抱歉，自己不經思考就脫口而出的提問，似乎讓蔡斯解釋了一個他不想講的私人問題，但看到蔡斯一臉平淡，知秀也就停止責怪自己。

「明白了，我會記住的。」

「記住我說的話？有必要這麼認眞嗎？又不是《瘋狂麥斯》。」

15：指華人移民來到馬來西亞融入當地文化，或與當地居民通婚的後代。

「這種事要認眞，因爲我之前犯過一個很大的錯。」

知秀向蔡斯談起幾年前犯的錯。在推薦十名女性ＤＪ的文章裡，她不假思索地把非二元性別的ＤＪ也寫了進去。雖然可以找藉口說截稿日很趕，而且和那位ＤＪ不熟，但這件事說到底還是自己的失誤。當時知秀緊急修改了原稿，也向當事人道了歉，但她還是覺得因爲自己思考不周，傷害了別人。

蔡斯聽了，表情也變得認眞起來。「妳的性格好好喔。」

「嗯？」

「我覺得這世上只存在兩種人，一種是只記得別人犯的錯的人，另一種是記得自己犯的錯的人，後者更好一些。」

「只把人分成兩種會不會太單純了？」

「也是，這樣的確不行。」

兩個人像海獅一樣躺在沙灘上大笑，接著在聊一些無關緊要的話題時，不知不覺睡著了。一起躺在鬆軟柔和的沙子上睡了甜甜的一覺，醒來時，天空已經染上了晚霞。

「太陽都下山了，我今天也沒拍到彩虹。聽說明恩阿姨已經找到好東西了呢。」知秀圍著披巾嘟囔了幾句。

「好餓。披薩？」

「披薩！」

成爲好朋友的兩人險些因爲對夏威夷披薩的意見分歧傷了感情，最後他們各選了一塊自己喜歡的披薩，又到 Liliha Bakery 買了椰奶泡芙。

「每種口味看起來都很好吃，還有那些麵包。」

「嗯，種類眞的好多。」

蔡斯在知秀耳邊悄悄說：「相信我，椰奶口味是獨一無二的，只買椰奶的就好。」

「我相信你。」

知秀決定相信在地人的推薦。他們買了一盒椰奶口味的泡芙，然後開車來到州立公園的山頂看夜景。

「相信我。首爾的夜景更絢麗，是獨一無二的。你一定要來看一次。」這次知秀貼在蔡斯的耳邊悄聲說。

「好，我相信妳。」

雖然夏威夷夜景的燈光相較首爾又低又稀疏，但不得不承認，身旁的朋友和泡芙彌補了這些遺憾。今天也沒有遇到命中注定的彩虹，卻是過得很充實的一天。

21

人們時常會問，是誰的死讓我的文字散發出死亡的氣息。有趣的是，大家都在心裡想著一個人，並期待我能給出一個文學性的答案。我不能提起那場大屠殺，所以只好回答是心愛的人死了，那個人很不幸的英年早逝了。因為我知道這是人們期待的答案。

但現在，我要把這件事講出來，這是上世紀的事了，而且我覺得有必要講出來。回想當時的殘忍，我的肋骨彷彿都被橫衝直撞的心撞出了裂痕。

在T地，我的家人死了，除了我，全家人都死了，他們都被警察和軍人殺死了。

——《女性 ××》(二〇〇一)

草裙舞老師會把「夏威夷」的尾音拉長，明惠覺得這才是最正確的發音，所以也想像學草裙舞一樣模仿老師的發音。無奈時間實在太短，明惠覺得自己可能永遠也掌握不到兩者的核心，不禁有些遺憾，但轉念一想，留有遺憾才是旅行的本質。這相當於既擁有好感，但也存在著無法相連的距離感。

在夏威夷，草裙舞老師被稱爲「Kumu Hula」，學跳草裙舞的地方叫作「Halau」。明惠隱約明白了爲什麼美國人要禁止這種舞蹈，又把它降爲吸引觀光客的舞蹈，因爲美國人害怕草裙舞擁有的力量。隨著學舞的時間拉長，越可以感受到每個指尖的力度。草裙舞是語言，是文化，也是宗教的一部分。連外地人都可以感受到這些，可以想見這種舞蹈對夏威夷人有多重要了。明惠的老師就是歷經各種難關才讓草裙舞能延續命脈的人之一。下課後，老師還會講一些關於夏威夷精神的故事給大家聽，明惠也很期待下課後聽故事的時間。

「疾病與庫克船長一起登陸了夏威夷群島，那都是之前與世隔絕的夏威夷群島不存在的疾病，這些疾病害死了許多人。有人說，當時的倖存者只有十分之一，也有人說是二十分之一。最後倖存下來的只有大概四萬人，我們守護了兩千年的家園也淪落爲農場。白人傳教士的後代占領了這些農場，亞裔移民爲了補上不足的勞動力，飄洋過海來到夏威夷。農場主人爲了逃稅，將這裡與美國合併。沒有一件事是出自我們的意願，我們爲了阻止自己的精神與文化被稀釋，付出了極大努力，好不容易才守住我們的語言和草裙舞，但要走的路還很長。不能讓他們只把我們視爲觀光商品。我知道來這裡學舞的各位都是爲了深入了解我們的文化。」

明惠突然感到很羞愧，因爲來學舞前，她跑去杜爾（Dole Plantation）鳳梨園吃了鳳梨冰淇淋。雖然母親只在這座島上生活了幾年，但想到她是爲了當勞動力而來，明惠心裡更加不是滋味了。

「夏威夷還發生過很多令人啼笑皆非的事。像是島上突然出現很多跨海而來的企業家，他們擅自用我們的傳統料理名字註冊商標。這樣一來，在地人就不能在招牌上寫這些名字，也不能寫在菜單上！太蠢了！這些人最後都失敗了，卻沒人收拾爛攤子。每次有外來者介入，我們的文化就會被蠶食，在地人的生活也越來越辛苦。我們都很絕望。」

老師經常使用在地人一詞，但明惠覺得她口中的在地人似乎和原住民的意思不同，她提到的在地人既不代表人種，也不代表血統，只要是長期生活在夏威夷、熱愛這個共同體的人都屬於在地人。

明惠向老師請教了這個問題，老師思考了一下才開口：「最首要的任務是守護原住民的文化，他們受到了太多壓迫。從這個角度來看，到目前爲止，原住民和其他有色人種移民者的目標並不總是一致，但很多事情還是會互相幫助。嗯，沒錯，只要是阻止這裡變成撈金市場，不以剝削爲目的、眞正生活在這裡的人都可以稱爲在地人。」

明惠很喜歡這種開放式的範圍設定。韓國的在地人也應該是這種概念，也需要擴大共同體的範圍。韓國社會的移民人數持續增加，在接納更多群體的時候，這種在地人的概念才具有意義和可能性吧。現在的「韓國人」似乎不是擴張型的……不如先拋開用詞，思考一下這種認知？這個問題越想越複雜，明惠感到頭很痛。如果老師見到母親，一定可以聊更多有趣的話題。明惠沒有踏上時善走的路，對她而言，語言和創意屬於經濟活動。雖然從某種程度上看，時善也是如此，但歸根究底還是有所不同。

聽到血統一詞，明惠想起了自己來夏威夷前，把基因樣本寄給了T地遺骸發掘小組，她壓根沒想到自己有生之年能夠這麼做，更不知道該如何面對與埋在土裡的白骨存在關聯這件事。眞能找到祖父母和母親的兄弟姐妹，以及他們的伴侶和孩子嗎？那叔叔嬸嬸又要怎麼比對DNA呢？如果沒有基因樣本，她們不就成了沒有親屬的遺骸了？才一、兩歲的孩子更可能連白骨都沒有……回想家族的遭遇令人痛苦，但記憶和遺骸又是另一回事。

「如果收到遺骸該怎麼處理啊？」

「還能怎麼處理，火化後把骨灰撒在媽撒骨灰的地方吧。」

「不如我們也弄一個家族靈骨塔？」

「聽說還有團體葬禮，可以委託給喪葬業者，應該能省不少麻煩。」

家人出現意見分歧，明惠和明俊希望能找一個安放骨灰的空間，明恩覺得應該把這些枉死者放在心裡就好，而不是實際的空間，京兒沒有發表任何意見。

明惠走出舞蹈教室時心想，草裙舞和冥想還眞像，都能讓心底深處的某種東西浮出水面。解除手機勿擾模式後，八封郵件提示接連跳了出來。上課的兩小時裡竟然接連收到八封郵件。公司的兩名理事想把京兒父親的公司處理掉後，把新創的公司交給京兒管理，但京兒好像還在猶豫。明惠嘗到了與當時的苦澀截然不同的味道，卻無法辨別那是何種味道。

明惠回到住處，看到和秀還在看時善的書，她就像穿著長袍那樣圍著薄毯。看來因為活動量少，所以體溫很低。

「在夏威夷妳竟然覺得冷？尙憲什麼時候來啊？」

「該來的時候就會來的。」

「妳怎麼一點都不關心妳老公呢？」

和秀沒有回應，翻了一頁手上的書。

「知秀呢？」

「去見朋友了。」

「不是約會？」

「很難猜透她的心思。」

「也是。」

聽到大女兒這樣講，明惠點了點頭。小女兒從小就這樣，跟性格隨和的人或難相處的人在一起都很很融洽。她能和外國同學玩在一起，也能和身體不便的學生有說有笑。怎麼說好呢？知秀這孩子交友沒有標準，在人際關係裡比較自由自在。唸高中時，大家提起她唸國小時的事，連她自己也大吃一驚。

「她有唐氏症？」

「嗯，妳不知道？我以爲妳知道耶！」

「我根本不知道啊。」

「學校沒教過嗎？」

「當時沒學過。妳們怎麼不告訴我？怎麼辦，她很膽小的。我什麼都不知道，還總教她從高處往下跳。我要是知道她生病，一定不會那麼做的。眞是太對不起人家了，天哪！姐，妳也知道？妳和媽也太過分了吧！」

「但那個同學和她媽也沒說什麼啊。」

「她們一定會在心裡埋怨我……我還問她怎麼膽子那麼小，逼她從兩個臺階上跳下來。呃，我做了什麼啊！她還因爲我摔倒過。」

焦慮咬著指甲的知秀後悔莫及，但轉眼就把這件事拋在腦後了。即便在夏威夷也能忙著到處結交朋友。和秀卻與妹妹相反，一直待在住處。姐妹倆的性格要是能混合就好了，但這也不是父母希望就可以的事情。

「妳要不要和我一起去學草裙舞？」

「不要。」

「眞的很有趣。」明惠本想再多說幾句，最後還是放棄。

「感覺被治癒了？」

明惠觀察了一下女兒面無表情的臉，想知道她是否話裡帶刺，但一無所獲。

「我是怕妳無聊。」

「我一點也不無聊。」

「午飯吃了嗎？」

「嗯。」

「吃什麼？」

「鬆餅。」

明惠很驚訝，因爲和秀昨天和前天也吃了鬆餅。她很喜歡吃鬆餅嗎？喜歡到每天都去吃？

有時，明惠覺得女兒很陌生。這與她經歷的那件事無關，似乎一直以來都是這樣。自己和妹妹、明俊也會讓時善有這種感覺嗎？明惠開始對沒有答案的事情產生了好奇。

再也無話可說的明惠坐在沙發上，在腦中複習起當天學的舞。

22

我四處演講時，很多父母都會在問答時間提出這樣的問題：孩子想從事藝術領域工作，身為父母不知如何是好。因為我既畫畫也寫作，所以這些父母希望我能給出一個賢明的答案。首先，我會毫不保留地把這領域我所知道的事講給他們聽，然後勸他們不要太反對和阻止孩子的想法。藝術界不是成功就是失敗，然而成功是很罕見的，不僅過去和現在如此，未來也不會改變。但這並不是問題，明明還有比這更迫切的問題。

大家知道我見過多少本該從事藝術且頗具天賦的人，即使過著安枕無憂的生活，卻在一點一點地摧毀自己嗎？那是非常可怕的自殘。當察覺到「糟糕，這個人會出大事」時都為時已晚，就算陪在他們身邊也幫不上任何忙了。這樣的人進入大企業、繼承家業、賺進大把鈔票、找到恩愛伴侶、有了可愛的孩子後，還是會覺得有什麼在蠶食著自己的內心，就像寄生蟲找不到食物時會鑽進五臟六腑一樣。

幸運者可以靠成為收藏愛好家滿足自己的欲求，但絕大多數人沒有這樣的幸運。最終他們會失去工作的意志，也無法從身邊的人身上獲得慰藉，他們在比我更貧苦的藝術家身邊遊蕩，揮霍金錢和時間，最終也消磨掉自己。酗酒和賭博這些破壞自己的行為加速了摧毀的速度。與其這樣，還不如從一開始就讓他們去搞藝術，就算沒有成就，也比摧毀自己好。

當然，藝術的大門一直都是敞開的。如果想以藝術維生而不是單純的興趣，那麼越早開始越好。我也見過很優秀的人在四、五十歲時才踏入藝術領域，但那已經是在入口變窄之後了。所以，我也要問在座的父母一個問題，想必大家都很了解自己孩子的性格，拋開他們是否有天賦不講，你們覺得他們會傷害自己嗎？大家可以觀察一下，看看他們寫作、唱歌和跳舞時是否開心，而阻止他們做這些事時，他們會不會很痛苦。如果是後者，父母就更不該干預他們規畫自己的人生了。旁人無法操控這種孩子的引擎。是的，我說的是「旁人」，父母終究也是旁人。雖說應該過濾掉對世界的幻想，但那種可能性是暫時的，還是持續的，還是交給本人來判斷吧。

——韓國××家長會邀請演講（一九八四）

海霖慢慢得出一個結論，夏威夷的小鳥看起來還不錯。首先，牠們都很乾淨。人們在海邊的公共淋浴間不會用香皂，只會用淡水沖去身上的鹽分。小鳥似乎知道哪裡有淡水，也會飛來在地面的水坑裡洗澡……除了海邊的公共淋浴間，牠們還知道很多適合洗澡的地方。

夏威夷的草地也很多，小鳥很容易覓食。令人驚訝的是，鴿子在這裡也不會受到歧視，牠們飛入街邊窗戶大敞的餐廳，悠哉地走來走去，吃掉在地上的麵包屑也不會被趕走，可能人們都當牠們是在清掃地面吧。看到韓國的鴿子棲息在滿是釘子的建築牆壁或髒兮兮的橋墩下時，海霖都會莫名感傷，夏威夷的環境看起來好多了，至少不會覺得牠們活得很辛苦。

海霖眞正好奇的是在夏威夷土生土長的小鳥，但這種小鳥很難看到，外來鳥種隨處可見，小鳥也爲了適應城市環境而發生劇變。看到五顏六色的小鳥時，海霖翻開圖鑑便能確認牠們都是來自亞洲或北美洲。有的小鳥從遠方飛來，有的則是落在船桅隨貨船而來。有的小鳥聰明得驚人，但也有沒有自我保護能力的小鳥。每當遇到單純不設防的小鳥，海霖會莫名地生氣，但她氣的不是小鳥。海霖有時會想，如果生爲小鳥該有多好。有一次，她在公寓的花壇裡看到一隻死掉很久、只剩下骨頭的小鳥。小鳥連骨頭都很乾淨，果眞比人類好很多。

「妳出生前，我在睡夢裡總是能聽到窗外的鳥叫聲，可能妳前世眞的是一隻小鳥吧。」京兒沒有告訴海霖什麼胎夢，而是提到了鳥叫聲。

「那個時間，那麼吵的小鳥一定是棕耳鵯。」

「棕耳鵯不吵啊。」

「那就是山雀了。」

海霖不是不喜歡棕耳鵯，但還是希望那些小鳥是山雀。小山雀在春夏會爲了交流而高歌，所以會覺得牠們很吵，但從秋天開始，長大的小山雀便會安靜下來。海霖正是因爲這一點而迷上山雀。山雀會在樹蔭下謹慎地飛行，必要時才發出叫聲。海霖很難想像只過了一個季節就長大是怎樣的經歷，在變得鴉雀無聲以前，牠們就只是小山雀。

無論是小孩、小狗還是剛出生的小鳥，所有剛來到這世界的小生命都很可愛、脆弱和吵鬧。雖然春夏的小山雀很可愛，但海霖更迷戀秋天之後的山雀。令海霖難過的是，到了冬天會看到很多死去的山雀。山雀的壽命約七到九年，海霖很希望那些死掉的不是剛出生的山雀。海霖自己也不明白爲什麼會那麼喜愛這些小生命，牠們以快速的心跳活過短暫的一生，最後只留下輕盈的羽毛和細細的小骨頭。這應該和爸爸喜歡薄翅蜻蜓一樣，或許在他們的遺傳基因上，烙印著對其他物種無限的愛吧。

「在古生代，蜻蜓的翅膀有六、七十公分長呢。」

鄭寶根一臉熱情地爲海霖講解蜻蜓，海霖卻在胡思亂想，她心想如果蜻蜓是肉食動物，那生活在同一時代就太可怕了。海霖小時候險些被沒拴狗鍊的狗咬傷，但她之後並沒有特別害怕狗，反倒害怕起追趕自己的大蜻蜓，擔心被蜻蜓可怕的嘴巴咬傷。海霖問爸爸，蜻蜓的翅膀變小會不會是因爲鳥類登場？由此可見，父女倆心裡在意著不同的事。

爸爸喜歡穿條紋衫，經常獨來獨往，從這點來看，他很像大麻鷺；媽媽喜歡穿五顏六色的華麗衣服，而且從身材來看與鴛鴦有幾分相似。當然，是顏色華麗的雄性；哥哥的運動神經很好，就像翠鳥。他可以游刃有餘地學會任何一項運動，眞不知道他爲什麼不當職業選手；想到明惠阿姨像鵜鶘鳥一樣去啄別人的頭，海霖忍不住笑了出來。雖然沒有親眼見過這種鳥，但在紀錄片裡可以看到牠猛啄路人的大腿；和秀姐給人的感覺很像鴴亞科類的鳥，但海霖還沒有想好是哪一種鳥；知秀姐不用多想，一看就很像鸚鵡，而且是擅長社交的虎皮鸚鵡；爬山看到松鴉時，海霖立刻就想到明恩阿姨；明俊舅舅的嘴巴很凸出，所以很像鷸鳥；舅媽乍看溫柔安靜，其實是很厲害的灰喜鵲；雨潤姐像八色鳥，雖然沒見過，但感覺很像。好像還少了一個人……啊，竟然忘了姨丈。他很像歐亞雲雀，不然就是大葦鶯或旋木雀。

海霖整天想的都是小鳥，喜歡的小鳥的耳羽和飛羽、頰與頦，她還會跟媽媽借很多顏色的色鉛筆，畫下自己親眼看到的小鳥。不久前去江原道玩時，海霖還看到十分罕見的壽帶鳥落在馬路正中央。但海霖還沒來得及細看，牠就飛走了。海霖徹底被那隻壽帶鳥迷住，但沒有畫出來，因爲那種候鳥在國內很罕見，鳥類圖鑑上也沒有，在網路上也找不到自己喜歡的照片。

沒有親眼見過的鳥種數不勝數，如果這個世界結束了……

海霖對此帶有危機意識。全世界探查鳥類的人和學者專家，以及從事與鳥類相關工作的人都大受打擊，甚至陷入恐慌，因爲昆蟲正在消失，接下來就會輪到鳥類。想到這些，海霖甚至會從睡夢中驚醒，她恨不得像同齡的環保少女一樣，罷課去參加環保活動。

沒有人關心小鳥，只有在乎小鳥的人在焦慮。眼看很多鳥類正在瀕臨滅絕，人類還是不肯在隔音牆、玻璃窗上貼貼紙，導致越來越多小鳥撞死。看到人們一直建造能源效率很低的玻璃建築，海霖氣憤不已。最令人厭惡的是電視購物臺推銷羽絨被時，把羽毛放在氣球裡掛在一旁……每次聊到這種話題時，大人都覺得海霖可愛又懂事，然後勉勵她先用功讀書，等妳長大後再去做改變吧。大人的態度也令海霖很反感，你們盡情破壞的環境，要下一代怎麼改變呢？以後可以做出改變的說法也很可笑，以後？以後是什麼時候？等小鳥都絕種後嗎？海霖再也不想和任何人聊這些了，除了志同道合、熱愛鳥類的觀鳥者。正因爲焦慮和渴望了解更多資訊，海霖的英文才會進步得這麼快。

「海霖，起這麼早要做什麼？」明恩睡眼惺忪地打開房門走出來，看到桌上的畫，她不懂裝懂地說：「這就是妳喜歡的小鳥？山雀？」

「不是，這是壽帶鳥。」

「顏色很像啊。」

「大小和模樣根本不同。」

「喔。」

「妳知道嗎？妳帶回來的花，有一種鳥的嘴彎得很像那種花。」

「爲了吸蜂蜜？」

「嗯。所以要是特定的植物消失，那種鳥也會消失的。」

「原來嘴巴進化成那樣是爲了進食啊。」

「聽說這裡種了太多引進植物，結果那種小鳥都死了，只好又重新種植原生植物。」

「原來如此，阿姨還眞不知道。」

很多事情大人都不知道，也不想知道，所以海霖才會暗下決心，人生的重大選擇都要靠自己。最近哥哥也不喜歡上學，不如找他聯合起來說服媽媽。如果能擺脫競爭激烈的升學環境，說不定就能抽出更多時間觀察小鳥了，選擇幫助小鳥的人生也不錯吧？雖然一整天與哥哥說不上五句話，但他應該很容易說服和操縱。海霖一邊心想，鄭奎霖很好解決的，一邊用舌頭彈了下門牙。再不然就假裝對蜻蜓很感興趣，跟著爸爸到處走，有蜻蜓的地方一定也會有小鳥。爸爸看似好說話，其實十分保守，剛好跟媽媽相反，如果能想辦法見縫插針……

海霖一邊幫壽帶鳥的尾巴塗色，一邊暗自計畫著。明恩覺得小姪女很可愛，倒了杯柳橙汁放在桌上。

23

藝術是無法統計的，因為藝術領域有太多特例。我可以告訴大家，根據我不精確的觀察，畫家每二十年會出現一次大的轉折點。如果從十歲開始畫畫，那麼三十、五十、七十歲時會出現轉折點。二十歲開始畫畫的話，四十、六十、八十歲……沒錯，是八十歲。我沒有開玩笑，即使八十歲也會迎來這樣的變化。畫畫與年齡無關，有些畫家每天都畫，這算是很辛苦的幸運。總之，可以把這看成是一種飛躍吧，每隔二十年才會遇到的機會。身為半途而廢者，我覺得這種變化很神奇。在沒有付出任何努力的情況下，免費目睹到這樣驚人的變化，對我來說是很刺激的喜悅。也許是因為我能感受到這樣的喜悅，才能活到現在吧。

每二十年迎來的一次劇變，可能是表達能力的躍進，也可能是新主題的轉換，又或是發現了稱心的材料、至今沒有發現的顏色，或參禪後的大徹大悟。特別是最後一點，會徹底迷倒洋人（笑）。所以說各位，未來的二十年大家一定要好好撐下去。藝術之路不易走，但遇到轉角時還是要大膽轉彎。每天畫，但也要愛惜關節。啊，聽到這句話，有人笑了，也有人表情很嚴肅。是不是很多人已經開始關節痠痛了呢？關節是天生的，有的人隨便亂用一輩子也沒事，但有人再愛惜也總是出毛病，真的很不公平。但有什麼辦法？無論如何，請不要徹底耗損它。

還有很多不足的我很高興能在此祝福大家有一個新的開始，只可惜我也許看不到各位二十年後的革命性變化了。二十年後，如果步入驚人的下一個階段，請大家回想一下今天。請記住此時此刻在這裡的同伴，希望你們賞識彼此的成就，盡情感受如同煙火般的喜悅。

——××美術系畢業祝福影片（一九九五）

每當聽人說自己在家裡萬紅叢中一點綠，肯定倍受母親偏愛時，明俊都要努力忍住不笑出來。要是他說母親沒來參加自己的畢業典禮，而是跑去別的學校祝福畢業生的話，大家都會大吃一驚。但明俊並沒有因此不開心，因爲兩個姐姐從小教育他，這種感情是最沒用的。明俊從母親身上感受到的，是神奇。

時善是一個很神奇的人，神奇到她自己從未察覺，還要特地思考這件事。或許是因爲意識到自己沒有母親的那種神奇，明俊才會覺得自己在美術上沒有天賦，最終放棄了畫畫，改學美術修復。老實說，雨潤放棄雕塑改學概念藝術時，明俊有些失望。可能是覺得女兒稀釋了自己的性格吧。但最近明俊的想法改變了，因爲他很幸運地找到了更適合自己的事情，由此理解了雨潤也找到既獨特又有趣的工作。

那些隱約記得明俊既正式又非正式的失敗初婚的人，都會直接把責任推到時善身上，有時連明俊都覺得韓國人把什麼事都怪在父母身上很過分。當然，這件事很大程度源於自由開放的家風，可是這種家風也不是母親一個人營造出來的，也有父親和繼父的責任，每次都怪母親一個人，未免也太奇怪了。更何況，二十幾歲的孩子去義大利留學，無論是誰都可能犯類似的錯。雖然現在可以笑談這件事，但當時明俊痛苦到得了憂鬱症。姐姐們覺得總拿這件事開弟弟玩笑有點殘忍，所以最近都只在心裡嘀咕這件事。那是明俊不願想起也不堪回首的青春往事。

年少時的痛苦如今消失了嗎？從職業獲得的安全感似乎支撐住了其他部分，同樣的事做了二十多年會遇到如同臺階般的門檻，越過它便會感受到成就感。不光是藝術，任何事都是如此吧。

明俊的工作也受益於工具的進化，除了使用數位顯微鏡、分光測色儀、酸鹼度測定計和厚度計等工具，有時著手修復一幅畫時，也會覺得色彩層先在腦中被放大了。明俊一直以謙遜的態度從事這份工作，相對於過去，意料中的結果總能爲明俊帶來安全感。選對不同種類的粘合劑時的喜悅，熟練使用電烙鐵時的滿足感……比起這些，更令明俊滿足的是有了接案的自信。從事美術修復工作初期，有好幾次出於對工作的熱情，接下了無法勝任的畫，結果最後都退了回去。但現在，他已經可以一眼就做出判斷，並在得出結論後完成修復工作了。不過最主要的問題還是，沒有保存合成樹脂和其他新材料的配方。有時要找到解決方法才能成功修復一幅畫，有時也會找不到答案而宣告失敗。如果是後者，就等於浪費了委託人的時間。在猶豫不決、難以判斷之間，明俊也不知不覺產生了直覺。

整整花了二十年才產生這種難以描繪的感覺，不禁感到從事藝術行業很沒效率。但這也是沒辦法的事。雖然有時也希望畫家不要嘗試未經驗證的材料，但他也知道這不是自己希望就可以的。有的畫家還會故意創作易碎且不易保管的作品，想要保管的作品則是爲了收藏才創作。也許美術修復師正是存在於這種相互碰撞的微妙力量之間的職業吧。

明俊也不確定除了工作以外的事是否也都有所好轉了。

「不成熟的男人很讓人受不了！」

聽到大姐這麼講，明俊覺得受到了無謂的責難，但他不想吵架，於是忍了下來。

「真擔心你這樣下去，過了五十歲會離婚。」

二姐這樣講時，明俊動搖了。

「怎麼看，三哥都不是最好的伴侶。」

妹妹的評價徹底傷了明俊的心。

但一起生活的蘭貞從沒對明俊表示過任何不滿。兩人曾是爲了保護孩子而一起戰鬥過的戰友，現在幾乎成了室友，彼此互不侵犯各自的生活領域。他們建立起彼此信賴的經濟共同體，每天至少會一起吃一頓飯，明俊不懂還要注意什麼、還要怎樣才算做得更好。

來到夏威夷後，明俊和蘭貞也只是住在同一個房間，然後各自去做自己想做的事。看到他們這樣，姐妹就會向明俊使眼色，要他陪蘭貞出門散步、兜風。京兒還會假裝沒人用車，故意把車鑰匙塞給明俊，順便戳一下他的側腰。

車子奔馳在夏威夷的黃昏中，明俊瞥了一眼副駕駛座的蘭貞，她參加這種家族旅行一定很疲累，只是爲了想來看雨潤而已。大風從車窗灌了進來，蘭貞和雨潤一起買的玻璃耳環被風吹得叮噹直響。

蘭貞似乎察覺到明俊的視線，於是開口：「帝國主義的嘴臉怎麼都這麼像呢？」

「……什麼？嗯？」

明俊本想回答得自然些，結果還是失敗了。蘭貞的閱讀量很大，讀完一本書後會忙著在腦子裡整理讀後的一些想法，所以不會做前後的說明，而是從中間開始聊起。爲了扮演稱職的伴侶，明俊必須趕快跟上這種沒頭沒尾的脈絡。

「我是說夏威夷合併的過程。這樣的過程一點也不陌生，外人突然闖進來掠奪土地和資源，破壞當地文化，建立僞政府徹底吞噬這個地方，傳教士和軍隊則……處理了一切。」

「處理？」

「嗯，帝國主義就像一種處理工程。每次發生的都是相同的事、同樣的嘴臉，眞是煩死了。」

「確實如此，上世紀、上上世紀和上上上世紀。」

「現在也沒結束。」

「嗯？」

「帝國主義還在繼續，只是手段變得更巧妙了，我們還生活在包裝得更好的帝國主義時代。」

「唉，那……」

「你喜歡美術館，我喜歡博物館，還有比這兩個地方更帝國主義的嗎？」

「但我們不是在努力擺脫了，妳不覺得嗎？」

「還差得遠呢。被掠奪的永遠無法復原，更何況那些掠奪者連自己做了什麼都不知道。瞧瞧美國，二戰時打著對抗軍國主義的旗號，自以爲站在正義的一邊，可是看看他們在夏威夷的所作所爲，對原住民做的那些事。帝國主義者不知道自己是帝國主義者，是因爲他們根本不承認。」

「在那個所有人都厚顏無恥地成爲帝國主義者的年代，如果韓國也有力量的話……」

聽到明俊的感嘆，蘭貞遲疑了一下。

「不是韓國，應該是朝鮮。我們不是朝鮮人，所以很難講哪個地方的人更殘忍，人類本身就有殘忍的一面，當覺得可以擅自對待別人時就會暴露出來。能否承認這一點，決定了那些人所屬集體的噁心的濃度。」

「噁心的濃度，這種說法還眞有趣。」

「我們和夏威夷的經歷很相似，總覺得不能這樣嘻嘻哈哈的觀光。」

「妳回去跟大家說。」

「我不敢……總之，喜歡夏威夷就不能來夏威夷，就像珍惜濟州島就要少去一樣。」

「我們來之前也不知道，都是到這裡以後才能知道的事啊。」

「說得也是。」

明俊遲疑了一下，又開口問道：「我們，還好吧？」

蘭貞先是一愣，隨即笑了出來。

「她們又開你玩笑了吧？都幾歲了，還被她們耍！」

「不是，她們好像總覺得我犯了什麼大錯。」

「的確怪怪的，她們甚至跟我說，你在義大利離婚也是你的錯。」

「什麼？別的也就算了，那件事我可是受害者。她們也太過分了。」

「她們是擔心你像那個人吧。」

「像誰？」

沈時善還是約瑟夫．李？蘭貞想了一下到底是像誰。

「她們都覺得是爸拋棄了我們？」

「不，好像不只這樣。」

「我覺得媽對他很忠誠，至少在我眼裡是這樣。」

「婆婆在德國過得很苦，而且在最艱苦的時期遇到公公，所以她們希望父母是眞心相愛才走在一起，不是爲了一起擺脫困境。身爲子女的心都是這樣的，都希望父母是眞心相愛才有了自己。」

「妳的意思是，爸媽的婚姻沒維持下去，所以她們對此產生了不安？就算是這樣，幹麼老是拿我出氣？自己的感情，自己好好解決啊。」

「因爲你好欺負啊。我也是因爲你好欺負，才和你結婚的。」

「我是覺得妳很堅強，才和妳結婚的。」

「我？哪裡？」

「滑冰時，妳一直摔倒也沒有放棄。」

明俊還記得年輕時的蘭貞。那時還是工程師的蘭貞被派到明俊所屬的機關負責安裝記錄管理系統，看到大家午餐時間都會到院子裡結冰的池塘滑冰，於是蘭貞也買了一雙冰鞋。

「我是釜山人，看到首爾人拿出冰鞋滑冰，所以也很想試試看。」

小學就開始滑冰的同事在坑坑窪窪的冰面上也能保持平衡，蘭貞卻接連摔倒，不過她沒有放棄，直到外派結束時，她也能滑得很好了。雖然明俊也擔心會從釜山女人那裡受到和拿坡里女人一樣的傷，但也沒有後悔向蘭貞提出約會。

「在夏威夷想起滑冰好奇怪，對吧？」

「我們，還好吧？」明俊又問了一次。

「嗯，你是很不錯的一面牆。我把想法丟過去，你可以很有趣的做出反應，把它彈回來。」

「我還以為我們是在打羽球，沒想到我只是牆！」

蘭貞笑了笑，但沒有幫明俊這面牆升級。明俊有些莫名其妙，但又覺得把自己比喻成牆滿可靠的，就接受了。

「回去時，我們甜蜜一點，至少挽著手臂怎麼樣？」

「好啊，挽手臂沒問題。」

明俊回想起家附近的滑冰場，還想起蘭貞第一雙刀刃生鏽後、不得不丟掉的冰鞋。那是一雙很白很結實的冰鞋，丟掉時很是不捨。如今再想滑冰只好用租的了，但這樣也不錯。兩個人心中愉快、冰爽的回憶很快被陽光晒化了，但這個回憶就算再也想不起來也沒有關係。

24

既然不知道是怎麼生存下來的，也不會知道將如何死去。我以為這些年來自己沒有心碎而死是因為年幼的孩子們，最近才意識到並非如此，我活下來是因為那些先走一步的人。因為我是他們的記錄者，所以從一場哀悼一步步走到另一場哀悼的泥沼時也沒有放棄。如果活下來的人不去記錄，便什麼也不會留下。從某種意義上講，我是捉迷藏時輸給朋友的鬼，他們合夥丟下我先走了。

前陣子，我在孫子面前哭了。電視裡在講關於子宮頸癌疫苗的事，讓我想起了愛芳，失聲痛哭起來。孩子們都被我嚇壞了。想到我的朋友在研發出疫苗前罹患那種疾病，英年早逝，讓我悲痛不已。我的愛芳，我遇到的人裡最驚豔的人，她擁有可以讓停滯的狀態發生戲劇性變化的力量。我沒有隨她而去，而是選擇記錄她。是我的心讓我堅持了下來。

誰會讀這些紀錄呢？所有的文明終將被埋進土裡，做這些紀錄也許是徒勞無功。大家知道嗎？玫瑰比我們活得更久，人類在這片土地上生活了二十萬年，但玫瑰已經生長了四千萬年。當然，之前的玫瑰和現在的玫瑰非常不同。我希望有一天親眼看看玫瑰的化石。據說，最初的玫瑰就是在這附近、在東亞盛開。

一簇簇玫瑰守護著墳墓。結束這場捉迷藏遊戲後，我也會躺下去，躺在花瓣之下、泥土之下、白雪之下。想到下一輪的捉迷藏，不禁覺得很心酸。

——《不知不覺活到最後的人》（二〇〇二）

雨潤抬著棺材走在路上。那不是美國式棺材，而是韓國式的松木板棺材。雨潤緊緊握著用粗繩綁的把手走在最前面。這是誰的棺材？為什麼要抬著棺材走這麼遠的路？棺材不大不小，此時既像白天又像黑夜。經過轉角後，雨潤才意識到自己踏入了另一個世界。

「這是沈時善的棺材。」有人在雨潤的耳邊說道。

雨潤想回頭，脖子卻動不了。

「奶奶的棺材不可能這麼重，奶奶沒有這麼重。」雨潤反駁。

這是無力的反駁，所以無人回應。走著走著，遇到了設計很不合理的樓梯，下到一半又再上去的樓梯，好似地鐵站為防止進水而設計的樓梯。

「妳聽，有聲響！」

棺材裡傳出刮木頭的聲音，好像是因為搖晃，死者戴的手錶撞到木板發出的聲音。都要去火化了，為什麼還戴手錶呢？雨潤覺得很奇怪，但也沒有問出口，她覺得就算問了也不會有人回答。

「不累嗎？換我幫妳抬？」

有人提議和雨潤換一下位置。

「不用，沒關係的。」

「手臂不痛嗎？」

「不痛。」

說出這句話時，雨潤還覺得沒事，但走了幾步後突然肩膀使不上力了。又遇到了樓梯，雨潤雙手緊握把手用力往上抬，剛剛還說要幫忙的人卻朝反方向用力在妨礙雨潤。你幹什麼！放手！雨潤用力和那個人拉扯起來，最後還是失敗了。棺材滾下樓梯，蓋子摔開了……

聽到新郵件的提示音，雨潤睜開眼睛，她忘記把手機設定靜音了。

幸好沒有看到棺材裡的人。帶著惡夢的不祥餘威，雨潤一邊喃喃自語不應該放手、不能往裡看、不能換位置，一邊適應房間裡的黑暗。即使睡過很多不舒服的床，唯獨這張床特別不舒服。雨潤看了一眼旁邊的床，不知道知秀是沒回來，還是回來後又出去了。雨潤打開燈，點開郵件，一定是與工作有關的郵件，但剛從惡夢中醒來的大腦根本不想輸入任何資訊。郵件開頭簡單問了聲好，也提到雖然知道她在休假，但還是想通知她休假結束後公司要開動腦會議，最後還說，如果沒看到這封郵件也可以直接參加會議。最後一句話的意思明明是，妳怎麼可能在休假結束前都不看郵件呢？雖然這封郵件從惡夢中叫醒了自己，雨潤還是忍不住在心裡抱怨起討人厭的工作狂主管。主管的意思是，負責恐怖電影的美術總監希望設計一隻藏身於沙漠中的怪物，所以希望雨潤休假期間利用空閒構思一下。開什麼玩笑，眞不知道是只有工作狂才能做主管，還是做到主管後都變成了工作狂。雨潤之所以到美國工作，就是不想在韓國領著微薄的薪水還被工作折磨，可到了美國才發現也沒好到哪裡。雖然領著雙倍的薪水，但生活費也是雙倍，結果都差不多。

「恐怖片也能做嗎？那驚悚片呢？我們公司不會只做可愛的東西，妳能想像著腐爛的屍體來做這份工作嗎？」

回想起最初面試時主管懷疑的態度，雨潤更加生氣了。她很好奇對方這麼問，是因為自己是女生還是亞洲人，或者兩者皆是？

「恐怖和驚悚都是我的專長。」雨潤自信滿滿地回答。

當時雨潤的作品還很少，後來為了證明自己的能力，累積了越來越多的怪物。在小公司任職時，雨潤還兼做概念設計和 3D 建模，換到大公司後主要負責概念設計，只有在公司非常忙時，才會協助同事做一些 3D 建模。

雖然雨潤說恐怖和驚悚都是專長，但她還是更喜歡做恐怖片，因為比起噁心的設計，無形的恐懼更刺激，而且凸顯輪廓、放大影子和音效似乎更有精緻感。有些怪物暴露在明亮的地方很難帶來恐懼感，看起來不滑稽就萬幸了。每次做出令人毛骨悚然的設計時，雨潤都充滿成就感，公司的人也在某種程度上認可她的能力。無形的恐懼必須存在於每一個細節，如何設計怪物的表皮和骨架完全取決於設計師。

如果是一般的設計師，應該會參考沙漠裡的蠍子、食蟻獸或蚱蜢，設計出變形的怪物，或是外表類似可愛的沙漠狐狸、狐獴，但帶有奇特的內部結構，等到主角靠近時，用內部伸出的器官一口咬住他的手。可是這樣的設計已經隨處可見，要有所突破實屬不易。雖然電影的歷史並不長，遊戲則更短，但也許這與人類長久以來思考恐懼有關。既然睡意已經全無，雨潤索性打開創意和被淘汰的檔案夾，創意檔案夾裡分類整理了各種奇異的動植物，以及動植物的混合生物。遭到淘汰的設計也都是雨潤的孩子和未出生的孩子，這些設計雖然沒有被選中，但雨潤對它們也充滿了感情。讓這些檔案夾裡的怪物重見天日的機會並不多，但說不定上一部電影不適合的怪物，可能適合下一部電影。

雨潤很喜歡沙漠的沙丘用捲帶的方式移動屍體的故事，如果參考這樣的方式來設計呢？沙子裡隱藏著什麼，表面露出一部分衣衫襤褸的骷髏，利用人類好奇、想過去一探究竟的心理；或是讓骷髏背對著站在那，因爲看到背面一定會想看正面。外表可以像昆蟲或鳥類，或是花開交配的植物，但誘餌要設計在哪裡？莖上的刺？植物的液體？神經觸及的地方？食蟲植物的消化液囊？或是腸子……雨潤覺得隧道很像腸子，也許根本不需要什麼誘餌。主角走在沙漠裡，走進像彈跳床一樣有彈性的區域後，察覺到不對勁，如果是沒有警覺性的角色，說不定還會蹦跳兩下，踩在怪物的瓣膜上，瓣膜瞬間張開又閉上，主角就掉下去了。掉進腸子後，腸子內壁的絨毛會蠕動，寄生在絨毛之間的寄生蟲也會跟著蠕動。如果把整片沙漠看成鐵網呢？

記得在哪裡看到過，綠洲其實不像想像中那樣清澈、美麗，因爲都被來喝水的動物糞便汙染了。如果綠洲四周都是危險的霧呢？主角來喝水時，水裡藏有什麼東西，或是突然被臉上布滿血泡的同伴攻擊，吐出來的嘔吐物還突然動起來呢？

風沙會使人失明，所以沙漠裡的人會戴上護目鏡，那如果風沙裡存在什麼可以畫破衣服和皮膚的東西呢？不久前，雨潤設計了一種像刀刃一樣鋒利的炸彈種子，獲得業界的好評。炸彈會以螺旋形狀炸開，鋒利的部分會畫破所有的東西。現有的炸彈只帶有殺傷力，但雨潤設計的炸彈種子還帶有遊戲的趣味性。風沙裡也融入這種元素算不算是在複製自己的設計呢？必須要警惕這種情況。那如果風沙裡……飄絲巾呢？像絲巾一樣的東西飄來矇住主角的臉，使其窒息而死，然後把屍體一點點吸食掉。感覺不錯，但最後要怎麼消滅這種怪物呢？

海霖覺得蜻蜓的下巴最可怕，媽媽認為地衣植物和敗血症最可怕。到處都是可怕的東西。在海裡受傷也容易罹患敗血症，雨潤也越想越覺得可怕了。連蘑菇也是很可怕的東西。設計還得避開最近很流行的菌絲類怪物。石綿和核能也很可怕，還有什麼可怕的東西呢？

即使雨潤準備了很多備案，客戶也不見得知道自己想要什麼。這既是雨潤的工作存在的理由，也是她一直要面對的難題。面對不知道自己想要什麼的客戶，就要設計、修改幾十次、幾百次，累積一堆被淘汰的怪物，漸漸塞滿資料夾。清楚自己想要什麼的人是A級客戶，除非是吉勒摩．戴托羅，否則很難遇到這樣的人。但二〇一九年的《地獄怪客》卻令雨潤大失所望，戴托羅竟親手毀掉了自己一手累積的名望……根本沒有必要花那麼多錢證明不是非戴托羅不可這件事啊。等同於雨潤初戀般的魚人亞伯如果沒有出現，也許失望就不會這麼大了。文化產業的成敗存在於一線之差，但沒有人能夠掌握這種微妙之處。有些人明明知道這種微妙，還是下意識地做出毫無新鮮感的東西。也許這種微妙感很容易丟失，或者近似某種有限期的東西。雨潤希望自己也可以掌握這種微妙，並且不失去創作的力量。非主流文化明顯存在著難以適應的扭曲部分，至今為止被稱為怪物大師的人都是男性，雨潤很想證明，這裡也有能設計出驚人怪物的女性。這算是名利慾嗎？還是虛榮心？但文化產業不正是靠名利慾和虛榮心運轉的嗎？

雨潤難以把握熱愛工作的程度，因爲熱愛工作的心就像無法馴服的怪物狼，稍不設防就會露出牙齒反咬主人。它會傷害身體，進而毀掉人生。但只愛一點的話，又像是養了一種可愛溫順的小寵物，這又很傷自尊心。最近人們常說應該從小確幸中尋找意義，比起外界評價，更該注重充實內心，但敢問男女之中，哪一方更同意這種說法？充實內心固然重要，但雨潤不禁懷疑這不過是一種從女性身上奪走世人定義的成就的策略。要想取得成就，生活就會毀掉，只顧工作會要了人的命……

也許小時候生過大病的人才會產生這樣的苦惱。對大病一場的孩子而言，人生就是未來完成式。雨潤心中未來的自己早就死掉了，所以死後的自己再回頭來看現在的人生不免產生這樣的苦惱：到底什麼才是最重要的？有什麼意義？何謂徒勞？如果三年後死去，現在會做怎樣的選擇？哪種慾望是來自他人的，哪種慾望才是自己的？應該增加什麼，又該捨去什麼？

「哎唷，妳醒著呢？」雨潤頭痛欲裂的時候，知秀一臉不好意思地走進來。

「妳眞是每天都過得好充實啊。」

「連妳也挖苦我。」

「沒有啦，我覺得這樣很好啊。」

知秀把包隨手丟在地上，撲通一下躺在雨潤的床上。

「妳也清空一下腦袋才能衝浪啊。」

「妳能不能別講這麼有道理的話？」

聞到知秀頭髮帶著室外的氣味，雨潤略感驚訝，也有點羡慕。夜晚的空氣裡夾雜著蘭草和少許美國特有的路面光澤劑的味道，真不知道她去哪裡玩了。

「姐，還是我也回韓國好了？」

「怎麼？太累了？」

「休假結束後，大家都回韓國，只有我一個人反方向，感覺很寂寞。」

「那我陪妳回去？」

「妳有時間？」

「時間是有，但沒錢。妳沒時間吧？」

就算知秀陪雨潤回ＬＡ，雨潤大部分時間也只會待在公司。

「太累的話就回國吧，待在那裡覺得沒有方向的話就回家。」

「但我只會做怪物，我想挑戰做一次巨型怪物再回去。」

「巨型怪物？」

「嗯，既然都來美國了，就想做一個大的。」

「那妳怎麼不去日本啊？」

「最近日本的怪物也都是在美國設計的。」

「嘖嘖，這些美國人連亞洲怪物也搶。」

「就是說嘛，文化霸權實在有夠誇張，不懂適可而止。」

大自己兩歲的表姐翻身趴在床上認眞思考了一下。黑暗中，知秀的眼白顯得有些發藍。

「這個嘛，是該回國還是留在這裡……我也不知道。我也沒在這裡生活過。」

「妳的優點就是不懂不裝懂，雖然我很想聽聽妳的建議……」

「妳回國的話，我會很幸福的。如果妳住在我家附近，便利商店也很近的話，我會幸福死喔。」

「我和便利商店同等級？」

「妳要知道，我信用卡裡的錢有一半都花在便利商店，我應該無法適應大賣場的人生。」

「妳想嗎？」

「這問題夠尖銳……我不想。好吧，該承認的還是要承認。」

雨潤覺得自己也是如此，美國的便利商店又小又遠，所以還是算了。大家喜歡便利商店大概是因爲黑暗中的那道光，感到人生茫然想大哭一場、凌晨對一切漸漸感到恐懼的人們就會尋找便利商店。難道便利商店沒有加劇社會的疲勞度嗎？這又是雨潤思考的另一個問題了。

「膽囊冰淇淋。」

知秀先開始了兩個人小時候常玩的遊戲。遊戲規則是，想像難吃的食物組合，講出壓倒性可怕口味的人獲勝。這個始於病房的遊戲，即使隔著太平洋時也玩得不亦樂乎。

「呃啊……魷魚蜂蜜蛋糕。」

「把海鮮和甜點混在一起很常見吧。魷魚蜂蜜蛋糕，那我就煮黃瓜。」

「光是煮就讓人討厭了。好，那我秀珍菇乳酸蘇打冷湯。」

「小嫩芽餃子。」

「光想都覺得不好吃。海蟄香腸。」

「幹麼這樣對待海蟄？蜂斗菜葡萄柚沙拉。」

「光聽菜名就覺得很苦。喜歡蜂斗菜的人也會喜歡葡萄柚的，從這一點來看，還是有做成一道菜的可能性，那我……」

各種古怪的菜名在兩個人之間來回了半天，最後在麻辣西瓜花菜和水芹海螺小丸子的時候，雨潤睡著了。這次她沒有再作惡夢。

知秀調皮地在雨潤耳邊小聲說了一句：「回來吧。」然後好像覺得不放心，又湊近補充了一句：「不回來也沒關係啦。」

25

寫一篇能讓人發笑的追思文很難，我的第二任丈夫洪洛煥卻能做到這一點。他是個古怪的人，生活很自我。有人很愛戴他，也有人對他敬而遠之，但沒有介於兩者的人。這與他的性格有關，他無法忍受無聊的人，如果覺得對方很無趣，他甚至會表現得很失禮，身為他的妻子，我也覺得這是一個很危險的缺點。不過一旦他認為對方是個有趣的人，便會忠誠的無私奉獻，在背後給予最大的支持。從這一點來看，也無法說這是他的缺點了。

洪洛煥一生判斷所有事情的基準就是有趣或無趣，對方的出身、畢業的學校、財產和資歷對他都沒有意義，就算有什麼性傾向的傳聞也一樣。洪洛煥會為女性提供難得的機會，也有許多男性，在七〇年代這非常罕見。我也得到了機會，洪洛煥只是覺得我很有趣，從我們相識到他離世，他一直給我機會、介紹對我有幫助的人，宣傳、包裝和推銷我，有時我甚至懷疑洛煥是不是忘了我是一個女人。

他是個天生的廣告人，從這點來看，他和愛芳很投緣，有時我甚至覺得他們才應該結婚，但人與人之間的事真的很難預料。我非常懷念過去的時光，看到洛煥創作的廣告詞至今還在使用，都會笑著笑著眼淚就流出來了，一個老奶奶站在家具店或藥局門口又哭又笑，路人一定都很吃驚吧。

我知道有人懷疑我們最初是外遇關係，當初因各自的朋友在聚會上認識時，討論的都是公事，認識很久後才比較常聚在一起，但也沒有發生任何事。不過，我對他的確有好感，希望和他成為朋友。這種單純的好感也漸漸讓我感到混亂，所以我總是回顧過去、審視自己。

我們絕對不是外遇。聽到他豪爽地送前妻出國留學後，我們的關係才有了變化。

——《廣告××》「紀念我的愛人、夥伴洪洛煥逝世三周年」（一九九八）

＊＊＊

主持人 最近才公開在七〇年代後期到八〇年代中期，您為了幫助獨立運動家，讓他們藏身於家中的事，可以請您聊聊當時的故事嗎？

沈時善 這不是我一人所為，是與洪洛煥一起做的事。在當時，大家都會這麼做的。

主持人 聽說您家裡還有祕密通道？

沈時善 那也是洪洛煥的主意。剛好我們家斜對面的房子出租，洪洛煥就把房子租下來當成員工宿舍。公司員工都很年輕，讓那些人混在員工裡再適合不過了。我們把圍牆上的小洞挖大……啊，後來都恢復原狀了。為了掩飾那個洞，還在四周種了很多薔薇。其實也不是想像的那種多厲害的祕密通道啦。兩棟房子都有車庫也很方便……現在想想覺得很對不起那些人，移動時讓人家躲進後車廂是相當危險的。

主持人　有哪些人躲在您家裡過呢？

沈時善　參與示威和讀書聯合會的學生，還有組織工會的勞動者。特別是一九八三年，政府捏造讀書聯合會意圖掀起社會主義革命，抓走了幾百人，那時很多人都躲在那棟房子裡。那段時期簡直太不像話了，不過是聚在一起讀書和組織工會就被抓去嚴刑拷打。當時我還心想，這種活動在大韓帝國末期和日帝強占期也有過，政府有必要鬼迷心竅到這種地步嗎？但直到一九八七年我才醒悟，這是非常強大的一股力量，因此才受到政府的鎮壓。我們似乎只有經歷一個時代以後，才能正視過去。

主持人　之後您有再遇到那些人嗎？有人來拜訪過您嗎？

沈時善　嗯……偶然遇到過一個人，但他已經變成令人失望的政治人物。

主持人　嗯？

沈時善　曾經參與過勞工運動的人居然成為令人失望的政治人物，起初我還以為他腦子壞掉了，但現在他也沒被送進醫院，看來不是腦子的問題。世事真是無法理解，到現在我也還是搞不懂。自以為好像明白了什麼的時候，就會有人一巴掌打醒你說，你還是一無所知。

——首爾歷史博物館特別展「付岩洞，文化知識人背後的故事」紀念活動（二〇〇三）

洪京兒無法輕易定義洪洛煥是怎樣的一個人，世人將洪洛煥視爲對韓國廣告史具有重要影響力的廣告人，但這並不能代表獨生女眼中的父親。

洪洛煥是一個肩膀很寬的人，小時候京兒覺得父親像一個巨人，長大後才發現父親的個子並不高。洪洛煥的肩膀又厚又寬，彷彿身體裡穿著堅不可摧的盔甲。他喜歡喝酒也愛美食，所以肚子圓圓的，加上一頭密密麻麻、堅硬的髮絲，讓人聯想到東方經典作品中的將帥。在爲人處事上，洪洛煥自有一套與世界不一致的堅定基準，所以在獨裁和軍事政權下發展事業，不免會做出一些不光明的事，但他仍無所畏懼地把參與學運的學生塞進後車廂，幫助他們避難。家人都知道，洪洛煥比起對民主的渴望，更對禁止刊登和播放某些廣告而憤慨不已。雖然家裡總是聚滿藝術家，但在作廣告時仍赤裸地只考量商業性。從各方面來看，他的一生都讓人捉摸不透。

父親公司的職員一半以上是女性，還有一點很特別的是，很多都是性少數族群。當時女性在公司擔負重任相當少見，畢竟那是一個希望女性在三十歲前就退休回家的年代。後來有人問洪洛煥重用女性是因爲什麼特別的理由，他給出的回答是：

「這與我有沒有覺悟無關，當時出現了很多獵人頭，剛接到一個新案子準備要做，人就被挖走了！加入我們公司的人都是在之前公司不被認可、遭受不當待遇的人，我只是讓他們在這裡發揮實力罷了。結果就算有人用兩倍薪水來挖角，他們也沒離開公司。我只是使喚他們做事，塡飽自己的肚子而已。」

與洪洛煥聊過天的人很常摸不著頭緒，這也可能是他故意的。僅看面相，會覺得洪洛煥生起氣來很可怕，但大家從沒見他生過氣。發生該生氣的狀況時，洪洛煥也會覺得很有趣，這樣的他有時甚至會激怒旁人。像是他與趙沫熙離婚後，還出資送前妻出國留學。那個年代不要說同意離婚了，身爲一家之主的男人不展現粗魯的一面都實屬罕見。站在子女的立場，怎麼可能不埋怨他，更讓京兒費解的是，後來父親與沈時善女士的關係。

「他們……是不是直接發生了肉體關係啊？」明恩打了個寒顫說道。

「會是什麼呢？我媽和妳爸到底有什麼共通點呢？」

明惠和洪洛煥最親，但有時她還是會稱他爲京兒爸爸。與其說這是保持某種距離感，不如說是出於對京兒的體諒。

「可以肯定的是，他們都喜歡喝紅酒。每次拿酒瓶去丟我都覺得好丟臉……付岩洞都是坡路，酒瓶放在路邊，沒放穩就會滾下去摔碎。每逢週末，家裡就會跑出一堆酒瓶。」

「他們還有很多共同朋友。」

「但就算喜歡喝紅酒、有很多共同朋友，也不可能和樂融融地過這麼多年吧。」

「媽不是在書裡寫了，她說那是愛，她愛洪洛煥。」

「哥，你覺得呢？爲什麼他們那麼恩愛？」

「他們都是搞大衆創作的人，而且從性格來看，也都不怕做出大衆不喜歡的東西，所以很合拍吧，不隨波逐流這一點也很像。」明俊認眞地回答。

「什麼嘛，真沒意思。」

「就是因為你這麼無聊，媽才總拿你開玩笑。」

明恩和明惠又沒好氣地說了明俊。

總之可以肯定的是，京兒繼承了洪洛煥的肩膀。洪洛煥因病去世時，整個人削瘦了一半，但如同恐龍骨頭般的肩膀仍放不進特製的大號棺材。大家淚流滿面地看著他入殮，只見葬儀師面露難色的發出用力的聲音，硬是把肩膀塞進棺材。當時大家都拚命忍住才沒有笑出來，等到悲傷淡去後，這件事就變成了全家人的玩笑話題。

「等我死了……」

「不許妳死。」

「我是說等以後我死了，你們可要給我準備一個比身材大一倍的棺材。」

「哪來這種黑色幽默的要求。」

「以老洪家又厚又寬的肩膀為戒，你們可千萬不能用肉眼來判斷我啊。我死後入殮時，要是再勞煩葬儀師費盡九牛二虎之力把我塞進去，那就太尷尬了。到時候，你們可不要哭著向我辯解那是最大號的棺材。」

「媽，好了啦，拜託妳不要再講棺材的事了，都強調過多少次了。」

時善對孩子們千叮嚀萬交代後才放下心來。

身為網頁設計師，骨骼健壯是一件很幸運的事。當同事的肩頸、腰和骨盆都出現問題時，只有京兒一個人健康地撐到現在。在這個行業能做到四十多歲已經很驚人了，但略感慚愧的是，京兒撐到現在並不完全是靠實力。

明恩和明俊走上了研究之路，明惠和京兒則選擇就業，但無論是在明惠出社會的八〇年代，還是京兒出社會的九〇年代，女性的工作環境始終很惡劣。結婚就要面臨被退休，生完小孩後想繼續工作，就必須立刻返回職場，別說加薪和升職了，連公司的一些基本福利也得不到保障。但明惠和京兒不是因爲這些原因才進洪洛煥的公司。起初明惠也放不下自尊心，京兒更覺得尷尬，壓根就沒想過去洪洛煥的公司工作，後來洪洛煥臥病不起，公司人才大量流失，面臨危機，她們才過去幫忙。

兩人齊心想撐住公司，她們努力說服客戶，即使父親退居幕後，公司還是會正常運作。最終這些努力還是白費了，因爲所有合約都是靠洪洛煥的名望簽下的。兩個年輕女性的努力根本無法取代一個男人在社會上的地位，她們領悟到，借來的權力是何等虛無。

合約相繼取消後，職員也一個接一個的離開，最後除了付岩洞的一棟房子，所有財產都化爲烏有。不只洪洛煥的財產，連綁在一起的沈時善的財產也都隨之蒸發。明惠和京兒雖憑藉一己之力繼續支撐，卻在終於看到公司起死回生的一線生機時，爆發了亞洲金融風暴。原來「不見棺材不落淚」就是在說自己，姐妹倆最終接受了現實。

無論如何，也不能就這樣坐以待斃，況且也不會有公司願意僱用失敗的女人，於是姐妹倆用剩餘資金創了一間小型線上廣告代理公司。明惠負責規畫和跑業務，京兒負責設計和營運。

洪洛煥最後的先見之明就是讓京兒學習網頁設計。公司在泡沫經濟時期逐漸擴大規模，辦公室也從會賢洞的中華料理店二樓搬到光化門附近。隨著網頁電腦版轉型手機版，泡沫經濟進入尾聲後，又迎來了風險投資，儘管市場一直變化，但企業面臨的核心問題始終是溝通。無論是與客戶，還是與性格各異的企畫者、設計師及消費者，溝通始終是一個看不到盡頭的領域，但姐妹倆最終還是做到了。她們就像趕羊一樣，廣泛地調查市場喜好與需求，蒐集資訊，一步步地在這個行業站穩腳跟。

「我該做的事都做了，現在是時候該退休了。妳姐夫也退休了，我想花些時間照顧和秀和知秀，也抽點時間給自己。」

明惠表明退休意願時，京兒很傷腦筋，不知所措到又作起二十年前的惡夢。沒有大姐，自己恐怕撐不住公司，但自己對公司的感情太深了，很難把公司交給別人管理。每當需要冷靜時，京兒就會打開調色網站，不停點擊刷新。瀏覽這種各種顏色的網站不僅對工作有幫助，還有冥想的效果。一直以老么的心態活到現在，如今我能作出改變嗎？京兒從來沒發揮過領導能力，也該確認一下自己是否擁有這種能力。

即使姐妹倆把全部精力投入公司，仍會遇到問題。因爲置身於紅海中的紅海[16]，所以很難滿足高學歷新人期待的年薪，緊急聘請的自由設計師也是如此。京兒覺得只負責設計倒也得心應手，但管理公司太複雜了。員工喜歡的主管可能客戶不滿意，客戶滿意的人又不討員工喜歡，很難分辨誰有沒有能力，也不清楚該改善什麼。自己一直躲在電腦螢幕後面，要是沒有大姐，這些事情怎麼解決？乾脆和大姐一起退休算了，奎霖也快要聯考了，古靈精怪的海霖也需要照顧。

「您能一直留在公司，對我們來說就是一種希望。」

因爲後輩們這樣講，京兒才一直沒辭職。即使是在遵守育嬰假規定的公司，女性還是不得不辭掉工作，因爲孩子讀國小後就等於遇上一大難關。京兒也曾在上班時被老師叫到學校好幾次，天天只追著蜻蜓跑的丈夫根本幫不上忙。京兒有時也很羨慕明恩，但她不後悔生了兩個孩子，而是羨慕那種輕鬆的人生，可以從容不迫地專注於自己的工作。其實在過去十幾年裡，京兒的集中力和記憶力都已經支離破碎了。

因爲京兒是創業元老兼高階主管，才能度過育兒的難關。事實上她能工作到今天，更接近於一種虛假的希望。「虛假」一詞過於負面，所以京兒會在心裡替換成「基本的希望」，她覺得如果自己能成爲紅海中靠一般資質撐到最後的女性，那後輩們也能從中獲得力量。

明惠和京兒計畫花五年時間改善公司，在經濟狀況允許的情況下，提高員工的年薪，導入比其他公司更有彈性的工作制度，只要遵守會議時間，通勤時間可以自由安排。但後來發現這

16：意指一個已經發展成熟、競爭激烈的市場。

種制度會帶來趕工的負面效果，於是又調整爲自由使用休假。她們還取消了公司聚餐，雖然之前也不會聚餐，但還是乾脆正式廢除了聚餐文化。公司還會特別提拔能隨機應變處理別人失誤的員工，早上和中午還加設了運動和自我開發等活動，也與最好的醫院簽了員工體檢合約。

一系列的改善自然對公司員工很有幫助，問題出在遇到大案子時，客戶公司出於保安考量，必須外派員工去對方的公司。不久前導致一組非常有能力的小組集體辭職，她們在負責開發銀行軟體期間，由於金融界特有的馬拉松式會議、只在意排場的企業文化、沒有效率的審核，厭女言行和不當舉動等，紛紛出現職場倦怠。賺再多錢有什麼用，有人離職就等於是公司的損失，自己公司的問題還可以改善，但客戶的組織文化要怎麼解決呢？況且對方還是大客戶，就更不知道該如何處理了。

「不是我們時間不夠，而是他們上面一直不做決定，什麼事都要干涉，也不提早給我們參考資料，什麼事都說慢慢來，眞不知道他們想怎樣。」

「妳們就負責自己該做的，做完就回來，我來負責後續。」

「這樣的話，他們就會說設計師是女生才會這麼自私。那些人還會用食堂軟體看我們有沒有用餐券，當面指責我們爲什麼不加班呢。」

「又不是二十年前，在搞什麼！」

「還有一個主管下班後總是纏著女職員，還對年紀最小的娜潤做出很不恰當的舉動……」

「這件事我來處理。」

這些問題很難處理，大家只能帶著憤怒堅持到案子結束。期間專案經理經常生病，就算去醫院也查不出病因，醫生只說是壓力過大。其他人也紛紛因胃潰瘍或帶狀皰疹上醫院。三個人都因爲健康問題辭職時，京兒也無法挽留她們。雖然她對離職的人說，等恢復健康後隨時可以回來，心裡仍因爲沒保護好大家而愧疚不已。銀行、證券公司和大企業如此僵化，把案子搞得一塌糊塗，就算都是主要的大客戶，但這樣下去，根本無法展望前景。

「難不成要我們去改變整個韓國嗎？」明惠不耐煩地抱怨。

「不徹底換掉現在的高階主管，根本不可能改變。我也是因爲這種原因才想退休的，該做的我也都做了。」

「我就是對妳要放棄我們的計畫有些遺憾啦。」

「只改善我們的公司根本沒用。妳知道企畫人最基本的資質是什麼嗎？是要能在初期就能判斷計畫的可能性。」

「我是設計師，無論可不可能我都要堅持到最後！」

「我又不是直接把公司丟給妳不管，不是也請來申理事了嗎？該做的我都做了，妳要是覺得有壓力，就把公司交給申理事，讓他找收購的人。」

京兒對新來的申理事沒有不滿，而且與他的資歷和年齡相比，人也很開明，只是京兒不確定他是否能想像自己從未經歷的事。最重要的是，公司裡女職員占了八成，要是高階主管都是男性，組織結構未免也太失衡了。這種失衡可以調整嗎？可以肯定的是，這種失衡存在著必須改善的問題。

京兒決心要用自己的屁股來守住這個位置，因爲關節健康的人可以坐很久。在這種情況下，只能等待更機智的人出現，待泡沫漸漸退去，等到在這個行業存活下來的女性出現，就把接力棒傳給她。在此之前，先嘗試一下一週只上四天班的制度和各種新挑戰，但要是失敗……京兒已經不再畏懼成敗與否了。

「我的小權力已經不是從別人那裡借來的了。」

去買咖啡豆的路上，京兒喃喃自語。這句話就算沒有人聽到、沒有人聽懂也無所謂。

26

身為畫家，在我放下畫筆差不多八、九年之際，舉辦了一次個人畫展。我覺得如果不抓住那次機會，可能再也不會有機會辦個展了，於是我拜託沈時善老師為收錄在畫展宣傳冊和圖錄裡的畫寫短評，老師為此來看過幾次我準備畫展的進度，可能是想看我準備畫展的過程吧。第二次還是第三次來的時候，老師猶豫了一下，然後對我說：

「非常美，雖然看起來像趴著死去的什麼東西，但非常美。不過……妳沒有想過把這樣的畫放大四倍嗎？」

我當時大吃一驚。

「把尺寸放大的話，感覺也會不一樣。」

老師隨口的一句話觸動了我內心某個地方——蜷縮的某個地方。我在一個廚房後面的房間、根本稱不上畫室的地方作畫，所以從未意識到這一點。由於生活忙碌，我根本沒有時間思考這些，甚至有很長一段時間，我忘了自己是一個畫家。

畫展開幕前，我準備了幾幅大的作品。之後我也經常審視自己，有沒有把自己關在小框架裡，是不是還待在廚房後面的小房間。作品不順心時，我也會審視自己，如果這幅畫放大四倍、五倍、十倍，會不會感覺不一樣呢？

「我們也不用看別人的臉色，想畫多大就畫多大。沒有地方，就叫他們讓出地方。空間的問題交給那些策展人解決，他們的職業就是要解決這些問題，臉皮厚一點沒關係，也不用替人著想，只要把精力放在自己的作品上。非常好，很好，我就知道這樣很好。」

我時常會想念在畫展上面露滿意笑容的沈時善老師。

——《那時拯救我的一句話》

〈畫家黃敏夏記憶中的沈時善〉（二〇一六）

雖說岳母把幾個女兒教得很有氣勢是好事，但泰浩還是忍不住在心裡抱怨京兒先發制人、搶走咖啡這件事。咖啡不只是岳母和京兒的特別記憶，泰浩也常和時善喝咖啡，若要說趣事，他們的事情才更好笑。

當時，時善診斷出心血管有問題，爲了調養身體不得不減少咖啡因。但她的努力不見成效，還常被明惠嘮叨。看到時善被氣勢最強的大女兒訓斥後無精打采的樣子，泰浩覺得又可憐又好笑。有一天，明惠和泰浩約時善在市區見面，明惠因工作纏身遲到了，泰浩和時善先碰了面。

「媽，我們趕快趁機喝杯咖啡？」

「好啊！」時善的眼睛突然變得炯炯有神。

泰浩買來咖啡，他不是要故意隱瞞明惠，而是看到菜單上有低咖啡因的咖啡。時善接過咖啡開心地喝下一半。

泰浩問：「如何，味道是不是和以前不一樣？」

「感覺特別好喝。」

「啊，那您以後就喝低咖啡因的咖啡吧。」

「什麼？」

「那是低咖啡因咖啡。」

看到時善握著杯子的手在抖，泰浩這才意識到哪裡不對勁。這時剛好明惠趕到，她盯著時善本想說什麼，但視線立刻轉向泰浩斥責他。

「你是在拿我媽做實驗，看她能不能分辨低咖啡因的咖啡？你腦子沒問題吧？」

「明惠啊，眞沒想到妳竟然嫁給了這麼可怕的男人！還以爲他是一個沒心機的女婿……」時善演技誇張地扶了扶額頭。

「那你也不能擅自作主啊，事先告訴她這是低咖啡因和瞞著她換咖啡根本不一樣。」

雖然泰浩深切反省，但之後無論他拿什麼吃的給時善，時善都會一臉懷疑。起初時善似乎

「不是，我想說媽要控制少喝咖啡嘛……」

眞的在懷疑他，後來這成了兩人之間的玩笑。

還有這麼一件事。有一天，泰浩剛好休假，和女兒在付岩洞的家裡，突然有人登門推銷淨水器。雖然泰浩不認識時善所有的朋友，但他知道那個人經常來找時善推銷保險、賣老鼠會的牙膏和各種亂七八糟的東西。看著那個人拿出廣告手冊念念有詞，泰浩心想，身爲女婿應該插嘴說點什麼，但時善悄悄踩了他一腳。現在回想起時善的拖鞋用力壓在自己腳上，泰浩還會忍不住笑出來。結果那天時善買了一臺淨水器。

那個人走後，泰浩問：「媽，一看就知道他是在利用您啊，市面上那麼多淨水器都比這臺好，您要是眞的需要，我可以買給您啊。」

「我這是在分期報答救命之恩。」

「救命之恩？」

「那個不遠萬里找到我，要我別返鄉的人就是他。」

泰浩也聽過這件事，但那個人歷經歲月洗禮的蒼老面相，兇狠得一點也不像恩人，他總穿著一件夏威夷T恤，即使在冬天也會把夏威夷T恤穿在裡面。明惠和其他人都稱呼他仁川叔叔，起初還以爲他是仁川人，但看來應該不是。

「那您也不能一輩子這麼被他利用啊。」

「他是覺得淨水器是好東西，每次他來都是爲了介紹好東西給我，這樣想也沒什麼不好。」

泰浩無法理解，但似乎也能理解。其實時善自己也不相信，但當時她還是堅稱用那臺淨水器的水沖的咖啡味道特別順。泰浩覺得很妙的是，竟然在夏威夷想起了那個人身上那件毫無正統性的夏威夷T恤。

時善的朋友中除了那個穿夏威夷T恤的人，還有很多人。看到曾經吐在時善家地毯上的酒鬼，以知名歌手的身分出現在週末電視節目裡時，泰浩著實嚇了一跳；在女兒的課本裡看到那些在時善家烤零食差點引發火災的畫家時，也讓泰浩覺得很神奇……總之，時善的朋友都很有個性。

對於在安靜話少的家庭裡長大的泰浩而言，婚後的每天都帶來輕微的小衝擊。泰浩一家人主要聊的都是關於農產品的話題，誰家送來的南瓜又大又結實、今年計畫醃梅子、應該訂購幾箱醃好的白菜……聊著聊著話題中斷後，很快又開始評價起小番茄和海水地瓜。或許是因爲這樣的家庭，不善言辭的父母才沒有堅持反對泰浩的婚姻。在時善膝下長大的明惠也很大方接受了泰浩家人的個性，積極參與話題，聊了四、五個小時後，便贏得泰浩父母的歡心。對做廣告業務的明惠而言，聊美味的白米、進口葡萄和異種交配的蘑菇都是輕而易舉的小事。

「我生在普通家庭，婚後竟加入這麼奇妙的岳家。」

泰浩用一句話概括了自己的人生。泰浩很喜歡捉摸不定的岳母，也對家中繼承了岳母氣勢的女人們感嘆不已，他愛妻子和女兒，也希望明恩和京兒過得幸福，甚至連偶爾像觀察小鳥一樣，歪頭看著自己的海霖也很疼愛。

所以他很想在岳母的祭祀上送一份有模有樣、厲害又酷炫的禮物。就算自己是這個大家庭裡的一個配角，但人總不能一直只滿足於扮演配角吧！泰浩希望聽到大家說：老公眞是聰明、我輸給爸爸了、姐夫好厲害……雖然這次是家族旅行，但大家都各自行動，也不知道其他人準備了什麼。

明惠察覺這件事激起了泰浩的競爭心。

「再怎麼說我也是家裡最年長的長輩，總得拿出一份像樣的東西吧！」

「爲什麼是你？我才是最年長的吧。」明惠一邊努力想把不舒服的床鋪得舒服點，一邊回答。

「我比你大三歲耶！」

「嗯，是沒錯啦，但我們家是母系社會，所以我是最年長的。」

「也是……那身爲最年長的妳的老公，我總得拿出一份像樣的東西吧？」

「退休前不是來過夏威夷嗎？那時候你在這裡做了什麼？」

「就是一直躺在泳池邊的沙灘椅上。」

「那就繼續躺下去吧，人突然反常，做沒做過的事會出問題的。」

雖然明惠覺得泰浩在夏威夷整天無所事事，但其實在大家各忙各的事情時，泰浩會去買隔天早上要吃的麵包；補滿冰箱裡的水、果汁和啤酒；丟垃圾和清掃浴室。每天洗毛巾、晒毛巾的事又是誰在做呢……泰浩沒有解釋，也沒有表露不滿。因爲厭煩引擎的噪音，泰浩把車讓給了別人，他一邊散步一邊苦思，有時恨不得攔下路人，打探一下這地方有什麼特別的東西。

泰浩想，如果能用特定頻率詢問一下就好了。飛行時，必須與管制塔臺和其他飛行員保持通訊，交流天氣狀況。有時就連睡覺和沒有飛行時，泰浩也會覺得耳邊能聽到嗡嗡作響的通訊音。幾年前，某航空公司的老闆在網路上發表了對飛行員冷嘲熱諷的文章，說是導入自動駕駛功能後，飛行員的工作變得更輕鬆了，引起業界一片譁然。雖然機器能提供飛行員幫助，但無法即時做出判斷，即時判斷是很消耗能量的事，由此證明了大腦是最消耗能量的器官。

泰浩因疲勞過度，天天盼著早日退休，但當眞正退休後，又產生了被各種頻率排斥的孤立感，彷彿一個人無法做出任何判斷似的變得越來越低迷。泰浩一時難以適應肩膀失去肩章的空虛，明惠也許正是出於這個原因，才選擇在同一時期退休。泰浩對此充滿感激。

「現在從退休到死，就是我們倆的賽跑。準備——噹！在這條跑道上先死的人才是贏家。」

「這種事，妳怎麼能說得這麼輕鬆呢？」

明惠不是會安慰人的伴侶，但至少他們的人生還處在飛行時的巡航高度。和秀受傷的事牽動了全家人的心，泰浩深信時間會讓女兒好起來，他覺得這就像飛機載的三百名乘客，總會遇到幾個不想有任何交集的人。泰浩對那件事的理解程度僅此而已。

「不是你想得那樣，又錯了，再好好想想吧，世界沒有那麼單純……」

有時岳母嘮叨的聲音會在泰浩腦海中盤旋，每當這時他就會想逃避，抗議自己沒有分析複雜事情的能力。

「機長！」

泰浩走出超市時，聽到有人喊了一聲機長，他下意識地回頭，只見七、八個人中有兩個人很面熟。那兩人是之前在不同小組的同事，但泰浩也記不清是飛哪一條航線的小組了。雖然叫住泰浩的人面帶微笑，卻難掩年輕人面對退休前輩的尷尬。

「唉唷，很高興見到你們。」

泰浩換了一隻手提購物袋，和大家握了手。尷尬的氣氛稍稍緩和了。

「您怎麼在這裡？」

「全家人來玩。」

「我還以爲您搬來夏威夷了呢。」

身穿短褲的泰浩一身休閒打扮，的確很容易引起這樣的誤會。

「我正好有件事很苦惱，想找人問問呢。你們知道夏威夷什麼東西最厲害嗎？」

「嗯？」

泰浩向一頭霧水的同事們簡單說明了情況。

「原來是這樣，那當然是葡式甜甜圈了！」

「葡式甜甜圈？」

幾個人連連點頭。

「您看到馬路對面拿著粉紅色盒子的人了吧？就是那個。」

「Leonard's Bakery 那家店的最好吃，但必須趁熱吃，冷掉就不是那個味道了。之前我特地買了一盒帶回韓國想給大家嘗嘗，但上面的糖都化了，結果大家的反應都很冷淡。」

「不只味道很棒，口感也很特別，但一定要趁熱吃。」

不過是甜甜圈，大家的反應竟然這麼誇張。不管怎樣，泰浩還是很感謝大家提供了資訊，還說等回首爾後找個時間請大家吃飯。這種找個時間請吃飯的約定根本不會兌現，相反的，要是兌現才會給對方造成困擾。兩個女兒經常叮囑泰浩不要給同事造成這種困擾。但既然同事能在異國他鄉叫住自己，可見自己職場生活過得還不錯，不是討人厭的前輩，真是萬幸。

泰浩走到對面的 Leonard's Bakery 嘗了一口甜甜圈，這才理解大家的反應一點也不誇張。就是這個了，我要買這個送給岳母。但這甜甜圈確實得趁熱吃。泰浩是非常心思縝密的性格，他買了四個甜甜圈，然後計算好時間，分別在二十、三十、四十和六十分鐘後各嘗了一口，最後得出必須在半個小時內讓大家吃到甜甜圈的結論。岳母的祭日近在眼前，當天恐怕其他人會用車，另外再租一輛車的話，也要考慮週五晚上的路況。就像蘭貞說的，夏威夷的公車開太慢了，腳踏車應該更快吧？泰浩對騎腳踏車信心十足，爲了順利通過定期體檢，他從五十歲後就開始騎車運動了。

自那天之後，早餐的麵包和水沒了，住處到處堆滿要洗的毛巾和垃圾，浴室也沒有人打掃了，因爲泰浩租了一輛腳踏車，開始探索從住處到甜甜圈店的最佳路線和時間。第一天還能勉強達成，第二天就撐不住了，於是他又跑到ＯＵＴＬＥＴ買了一條自行車褲。

27

我一直覺得杜鵑花是很常見、普通的花。迎春時看到杜鵑花，大家也不會特意去欣賞它吧？有一天，我在夜裡散步時，看到了整株掉在地上的杜鵑花。當經過的汽車車燈照亮那朵花的瞬間，我才意識到那是我有生以來見過最美麗的白色，那是早有準備、且能自行閃耀的白色。七十多歲才明白這一點，不禁覺得為時已晚。

這世上還有很多事是我尚未領悟的，有時會因為一陣風體悟活著真好，有時又會因為無法擺脫的痛苦覺得不應該來到這個世界。只有人類才會有這樣的苦惱，杜鵑花根本不在乎這些。杜鵑花在乎的，會不會只有光呢？我試圖揣測無法揣測的杜鵑花的心。杜鵑花的內外都存在著光。

夜裡散步時，如果遇到新的發現，我會再與大家分享。

——××電臺節目《作家寄來的明信片》（二〇〇四）

蔡斯住在小公寓，說是公寓，也不過是三層樓的建築。蔡斯家裡有電磁爐，但他爲了煮一份像樣的料理，把知秀帶到了共用廚房。知秀抱著一堆食材跟在蔡斯身後，她努力想要理解所謂的共用廚房，這種特殊的空間。

「共用廚房，那不是很容易弄髒嗎？」

「平時幾乎不會使用，偶爾聚會時才會用。這裡是爲了青年和老年人建的住宅，住在這裡的都是剛開始獨立或想要縮小居住空間的人，設計共用廚房這樣的空間，是爲了互相交流。」

雖然廚房空無一人，但相連的休息室有幾位老人，他們坐在那裡看電視或望著窗外的院子。蔡斯和老人們打了招呼，向大家介紹知秀。

「我幫你一起煮啊？」

「妳會煮POI[17]嗎？」

「不會。」

「那妳也去那邊坐吧。」

「你可以教我怎麼做啊。」

知秀不肯放棄，但蔡斯還是擺了擺手趕她去休息室。沒辦法，知秀只好走到長沙發坐下。

電視正在播報氣象新聞。

「幾日的風平浪靜後，終於等來了可以衝的大浪。哇喔——呀呼！浪高預計二十二到三十六英尺。衝浪手們，久等了吧！」健壯的氣象主播使用著各種感嘆詞，用興奮的語調近似高喊地播報。

知秀在心裡把英尺換算成公尺，不禁心想，如果是在韓國，氣象主播一定會以嚴肅的語氣警告漁船注意安全。兩個國家的確很不同，知秀深切感受到自己身在異國他鄉，接著又稍稍擔心起正在學衝浪的雨潤。

「那個，我去過韓國。」

一位正在享受午後悠閒時光的老人向知秀搭話，知秀高興地把身子轉向這位看似最年長的老爺爺。

「眞的嗎？您去過哪裡？」

「仁川。」

如果是仁川，可能是機場，也可能是很繁華的市區或人工島松島。爲了延續話題，知秀在腦中搜集著所有的資訊。

「您去仁川做什麼？是去見誰嗎？」

17：用芋頭做的夏威夷傳統主食之一。

「戰爭時去的，仁川登陸戰[18]。」

「啊，那時候……」

那是太久以前的事了，而且不是個輕鬆的話題，知秀一時不知該回什麼好。雖然難以估算老人的年紀，但他看起來好像比沈時善還大十歲。

「有照片嗎？最近的照片？」

幸好老人又問了一個問題，知秀趕快找了一張仁川的照片。

「現在去一定都認不出來了，也找不到當時我們待過哪裡。夏威夷有紀念那時候戰死的人的紀念碑，叫蔡斯帶妳去看一看。」

在廚房煮ＰＯＩ的蔡斯聽到老人的話，做出了回應。

「那妳來這裡做什麼？」一位老奶奶坐過來問道。

知秀爽快地解釋了自己爲什麼來夏威夷，還給他們看了拍攝失敗的彩虹照片。

「我們到這邊吃吧？」

蔡斯端著ＰＯＩ、夏威夷蓋飯和沙拉走到戶外餐桌，知秀走過去幫忙擺好餐具，老人們也慢慢移步過來。

「一定要大彩虹不可嗎？」參戰勇士問道。

「不，不是大彩虹也沒關係。」

「大彩虹要從遠處拍，但在遠處拍就會糊掉。如果小彩虹也可以，那我可以告訴妳一個地方。」

看到知秀開心的神情，老人描述了經常出現彩虹的小瀑布位置，但因爲不是在谷歌地圖上標示座標，所以只能請蔡斯記下來。

「不是有個孩子們常去的溪谷嗎？從新修的路往裡走，不，不是那裡……從之前蓋到一半就不蓋的房子後面過去也行。」

雖然花了很長時間，蔡斯最後還是理解了，他決定吃完飯就帶知秀去，知秀開心的哼起了歌。臨走前，一位老奶奶說想用鉤針鉤頂帽子送給知秀，所以量頭圍又耽誤了一些時間。

知秀也不知道爲什麼健行時會哼唱起〈Funiculi Funicula〉，迎面下山的孩子吹著口哨，複製著同樣的曲調從他們身邊走過。

「聽到了嗎？他們偷走了我哼的歌！」

蔡斯笑了。「不能偷嗎？」

「開玩笑的啦，我是覺得他們很可愛，小孩子模仿別人唱的歌，他們是在取笑我嗎？」

18：韓戰中一場決定性的戰役。聯合國軍從敵軍後方展開登陸戰，占領京畿道仁川，並突破釜山地區戰線，並以此為起點，擊退了朝鮮人民軍。

「那裡是孩子們常去的溪谷，看來我們沒走錯路。」

有別於哼歌的知秀，專注於找路的蔡斯似乎沒有任何閒情逸致。聽聞下過雨的上午十一點到下午三點之間會出現彩虹，蔡斯擔心找不到地方就錯過了。

「看不到也沒關係啦。」

「那不等於是浪費時間嘛。」

「浪費時間又怎樣。」

「但今天是我最後一天休假，直到妳回國那天我都要上班，雖然晚上有空……」

聽到蔡斯這麼講，知秀也緊張起來。

「往右走？」

兩個人走進不知道有沒有路的草叢中，由於借穿的登山鞋太大，知秀的腳一直在鞋裡打滑。她心想，就算看不到彩虹也不能失望，不能傷了幫自己尋找彩虹的蔡斯的心。

走在前面的蔡斯突然停了下來，知秀差點撞到他的背。

「找到了。」

「找到了？」

「眞的有耶！」

兩人把背包放在地上。眼前的瀑布小得幾乎很難稱爲瀑布，幸好幾天前下過雨，急促的水流傾瀉而下。陽光從樹叢中散落而下，與水流飛濺的水珠相遇形成了一道迷你彩虹。

「是道迷你彩虹耶。」

聽到知秀的感嘆，蔡斯回頭看了她一眼，似乎是覺得太小了。但知秀覺得這道彩虹很完美，不會逃走的彩虹就在眼前。知秀拿出不算新的手機拍起照片，兩人開心得拍了又拍，差不多拍了一百多張。起初他們還很專注於拍彩虹，後來變成在自拍，而且拍得十分滿足。

「拍好了嗎？」

「嗯。雖然要用大螢幕看，但裡面有一張拍得很好。」

「作業完成了？」

「完成了，好輕鬆喔。」

仔細想來，這也算是酷兒朋友參與的尋彩虹之旅了，但這麼想似乎有些俗套，知秀看了一眼蔡斯。看到身邊的蔡斯似乎因爲身爲彩虹島的居民而自豪得忘了疲勞，知秀決定不再深想這件事了。在揹起背包前，爲了表示感謝，知秀緊緊擁抱了一下蔡斯，樹林清新的氣味淡去了兩人的汗水融在一起的汗味。因爲不捨，下山時兩人都放慢了腳步，所以用了比上山更多的時間。

返回蔡斯家，鉤好的帽子已經掛在了門把上。起初知秀還不理解爲什麼要在炎熱的夏威夷鉤毛線，沒想到那頂帽子是用涼爽的紙線鉤的，就像蕾絲一樣通風，立刻戴起來也很合適。知秀想去感謝老奶奶，但她出門了，只好留了一張紙條塞到門縫下面。知秀心想，如果音樂人做得不順利，挑戰一下旅遊節目的ＰＤ應該也不錯。

28

能親眼目睹那些耀眼的才能是幸運的。有些人的才能是天生的，有些人則是後天的，但也有超越這些靠努力獲得的才能。在我看來，不厭其煩才是最大的才能，每天做同樣的事也不覺得厭煩；在一個領域打滾數十年也不丟失興趣；即使是相同的主題，也能以數百數千種不同角度進行詮釋。

事實上，這些人一直做著相同的事情，雕琢、塑造、敲打……實在繁瑣且無趣。雖然也有例外，但主題不過就那一、兩個，卻用了一生在回答賦予自己的、唯一的問題。在這個過程中能夠不厭其煩，談何容易呢？越是大師，越是不厭其煩，但他們並不是因為愉快，很少有人能夠愉快地工作。所以不厭其煩才是正解。

假如你覺得在某件事上很有才能，但做了一段時間就覺得煩了，那最好放棄。當下不上手的事，無論怎麼做都不覺得膩，那不妨試試看。

——《不知不覺活到最後的人》（二〇〇二）

今天是最後一堂衝浪課，浪非常高。

「我今天已經救了八個新手，還是妳明天再來？」安迪以委婉的口氣勸阻。他是在警告雨潤有可能成為第九個被救起的人。

雨潤為了帶走海浪，手腕綁著矽膠水瓶。就像緊緊綁在手腕上的結一樣，她沒有打算放棄。

「今天是最後一次，我不能放棄。」

「好吧。反正被救起的都是那群笨蛋教的學生。走吧，浪比剛才好多了。」

漂在水面上的人明顯比昨天少了很多，水色也變暗了。等浪時，雨潤緊張得胃痛，但她已經掌握了跌入水中的技巧，沒有之前摔得那麼慘了。爬上浪板時雨潤心想，就算沒有學會衝浪，至少學會了如何摔倒。爬上浪板的動作也明顯比昨天輕鬆。

「來了一個不錯的浪！」安迪邊說邊用力推了一下浪板。

雨潤可以感受到這次的浪比之前更快更大，而且是不分散的浪。這次可以的，這次會成功的。浪板非常穩，就像陸地。雨潤輕鬆地單膝跪在浪板上，然後站起身，整個動作非常靈活連貫。浪板持續前行，雨潤感受到前所未有的快感，不是奔跑或飛行，也不是單純的滑行。彷彿浪板下是某種巨大動物的一部分，那是大海的力量、地球的力量、冒險與死亡的力量。雨潤不斷前行，不知道往前沖了一百公尺還是一百五十公尺，也許遠遠超出了這個距離。雨潤歡呼、微笑，充滿了自信。

問題在於，她根本不會調整方向。

「對不起，我不會調整方向！大家小心！」

雨潤放聲大喊，幸好前方的人都立刻避開了她。雨潤就像初學滑雪的人只會直線速降般筆直衝向了岸邊，但她沒有忘記用矽膠水瓶灌滿四濺的浪花。

「成功了，妳終於做到了！我幾乎要放棄妳了呢！」安迪滑著自己的浪板追上來，祝賀雨潤。

「竟然放棄我……」

安迪果然很坦誠，雨潤突然覺得很難爲情。

「還有三十幾分鐘，趁現在狀態好，再挑戰幾次吧。」

雨潤又試了幾次，雖然沒有上次那麼成功，但也不錯。之前生硬的動作變得靈活，即使跌進水裡也不會猛灌海水了，坐在浪板上漂浮也很開心。和雨潤一起跌進水中被浸濕的、小時候害怕至極的死亡，用它透明的手臂輕輕摟了一下雨潤的肩膀，給了她奇異的鼓勵。

「看來妳是大浪體質，有些人的確是這樣。」

下課道別時，安迪把從後面拍攝的影片傳給雨潤。令雨潤驚訝的是，安迪竟然在使用韓國的通訊軟體。因爲太開心，兩個人沒有立刻道別，安迪爲自己成功把衝浪的世界介紹給雨潤而開心，雨潤則爲自己克服了最害怕的一種運動而開心。兩個人由於不一樣的開心，陰錯陽差地產生了親密感。

「妳是最酷的學生，妳沒有放棄。我會把妳的故事講給以後來學衝浪的人。」

「要是有朋友來夏威夷學衝浪，我一定會推薦你的。」

兩個人用沾滿沙子的手緊緊握了一下手，去還衝浪板時，雨潤有些不捨。或許有一天，她也會有一個自己專屬的衝浪板。

雨潤沒有告訴安迪，有一天晚上開車經過了他工作的夾腳拖商店。透過玻璃窗看到的安迪，表情與在海邊截然不同，感覺過去打招呼他也不會記得自己。雨潤爲這位衝浪老師祈禱，希望他不要患上皮膚癌。

雨潤帶著輕鬆且惆悵的心情走進家門時，全家人正慌張地在屋子裡踱來踱去，她嚇了一跳，以爲有人受傷了。

「出門的時候沒鎖門？」

「也可能不是門，窗戶也開著呢。」

「這是怎麼回事啊。」

雨潤環顧四周，只見屋子被翻得亂七八糟，櫥櫃和抽屜都被拉了出來，沙發座墊也都掉在地上，的行李箱也被丟到了牆角。蘭貞看到雨潤回來，上前一把摟住了她。

「媽，妳沒事吧？妳和爸沒丟什麼東西吧？」

「有一點現金不見了，妳也趕快回房間看看吧。」

雨潤回到房間，果眞行李有被翻過，東西丟得到處都是，但時善送的那條項鍊還掛在鏡子前。那條項鍊除了私人的回憶和感情，不具任何價値，所以才沒被偷走吧。還有一件薄針織衫不見了，後來才知道是知秀穿走了。

「還好今天有帶耳機出門，躲過一劫。」

「妳最貴重的物品是耳機？」

「我可是下了很大決心才買的。」

「旅行都快結束了，怎麼……」

「誰知道，看我爸媽不講話，肯定是我姐沒鎖門。」

「也不用計較那些了啦。」

最後出門的人很有可能是和秀，但沒有人想當偵探追查這件事。和秀的手機被偷了，雨潤回想了一下她的手機是不是新型的，當想起她用的是四年前的機型，而且手機殼也很舊了，才鬆了一口氣。可是手機裡的東西怎麼辦？手機備份又是另一個問題。看著知秀若無其事的表情，很難揣測她的心情。小偷似乎是新手，只偷了一些現金，信用卡、舊電視和烤麵包機等值錢的東西都沒有偷走。

「沒了。」

站在廚房的京兒慌張地自言自語時，根本沒有人意識到問題的嚴重性。

「咖啡豆全被偷走了。」

「啊？這些該死的小偷，全部偷走了？」明惠無奈地笑了笑。

「那是要沖給媽的咖啡。我想沖一杯完美的咖啡送她，明天就是祭日了，怎麼辦？」

「妳不是都記下來了嗎？明天早上去買咖啡豆，我陪妳去。」意識到京兒很傷心的明恩安慰她。

「我沒有全部記下來。怎麼辦？什麼豆子是什麼味道，我根本想不起來了，本來今天還想再確認一次的，根本想不起來……而且那些咖啡豆只能在不同的星期市集買到。完蛋了，怎麼辦……」

哽咽的京兒開始放聲大哭，嚇壞了奎霖和海霖，他們從沒見過媽媽哭。這麼大的人了，只因爲小偷偷走咖啡豆，就把嘴巴噘成花生狀嚎啕不止。驚慌的明惠和明恩拍了拍她的背，但似乎沒什麼幫助。蘭貞勸兩個孩子回房間玩手機遊戲，知秀起身把他們帶走了。

「阿姨。」一直沉默不語的和秀走到京兒面前，雙手抓住她的肩膀。「妳現在能想起哪種咖啡豆？」

京兒結結巴巴地說出一種咖啡豆的名字。

「那就是它了。妳能想起名字，那就表示妳最喜歡這款咖啡豆。」和秀堅定地說。

「會不會是因爲名字最好記啊？」

京兒還是半信半疑。雨潤決定加入助攻，趕快拿出手機搜尋。雖然不是常見的咖啡豆，但在距離民宿三十五分鐘的地方可以買到。

「哦，現在就能買到。」

雨潤把手機遞給京兒，京兒尷尬地擦了擦眼角。明惠和明恩強忍笑意，從包裡取出車鑰匙。兩個姐姐雖然當下沒笑出來，以後肯定會拿這件事經常取笑妹妹的。

和秀看著明惠，不動聲色地提醒她：「媽，不可以笑出來。」

明惠心領神會，點了點頭。

「那這樣好了，我們趁商店關門前去買咖啡豆，和秀妳打電話報警，記得要一張盜竊證明書。我們有買旅遊保險，雖然現金不在保險範圍內，但妳的手機應該能賠償，至於咖啡豆就不知道了……」

「那些咖啡豆少說也有兩百多美金呢！」京兒抱怨了一句後，跟姐姐出了門。

一直安靜坐在角落的明俊和泰浩起身開始整理房間，雨潤和和秀走到兩個孩子的房間，奎霖和海霖正在教知秀玩遊戲。雖然知秀平時也常用機器，但看起來對玩遊戲一點也不上手。

「我媽不哭了？」海霖問道。

「嗯，不哭了，出門去買咖啡豆了。」

「她爲什麼會爲這種事哭啊？」

因爲她想把最好的禮物送給最愛的人，即便那個人已經不在了。雨潤很想這樣告訴海霖，最後還是淡淡地說：「難過的話，就會哭啊。」

知秀放棄玩遊戲，把手機交給海霖後，靠在她的肩膀上。最後一次看到媽媽哭是奶奶去世時，那時的明惠就連吃飯或洗頭時都會哭出來，哭到讓和秀、知秀很害怕。看到父母哭真的很可怕，大人表露脆弱的一面眞的很可怕……想到這裡，知秀看了一眼和秀和雨潤，她們似乎也回憶起那時候的事。

某種難以言喻的情感將大家連結在一起。每當這時，她們就會覺得彼此特別像一家人，三個人無聲地交換了一下眼神。

29

我偶爾會好奇母親的髮簪在哪裡。那是一個純度不高的銀髮簪，鑲嵌著琥珀。雖然氧化後有些變黑了，但母親很珍惜它，還說有一天會把它送給我。我寧可相信那個髮簪被人偷走了，因為想到它和母親不知被埋在何處，就會感到錐心的痛楚。聽說那個地方計畫開發成高科技產業園區，在埋葬了幾十人的地方做研發，這個國家會有未來嗎？我從沒見過如此不牢記歷史的共同體，所以寫了幾封請願書。在寫請願書的深夜，我總會想起母親的髮簪。

至今我仍思念那些連名字都想不起來的女人，她們在夏威夷用當地食材重現了晉州、順天、海州、安州的食物。即使忘了她們的名字，但食物的味道時而還是會在舌尖上打轉。那時吃到的東西是我吃過的韓國料理中最美味的。我怎麼會忘記她們給予的親切呢？她們用當地食材做出家鄉味，餵飽了剛到夏威夷的人，即使擔心繳不出房租，還是省吃儉用地存錢寄回祖國。

如今我的年紀比她們還大了，卻還是對煮飯一竅不通，年輕人來家裡作客，我也端不出像樣的東西款待他們。還以為手藝會隨著上了年紀而增長，但任何事都不可能理所當然的水到渠成，但我也想為年輕人做些什麼。如果能讓下一代人把我的失敗和徬徨當成養分，少走一些彎路的話，也算是一件有意義的事了。

——《失去與獲得的東西》（一九九三）

尙憲推測民宿一定沒有水果，因爲沈家人會爲了尋找特別的東西而忽略最基本的東西。從機場趕去的路上，他在水果店買了各種水果，還覺得黑柿一定會特別受歡迎。

「會很不容易喔！」決定與和秀結婚時，泰浩這樣說。

當時尙憲沒能理解那句話的意思，還以爲泰浩是出於疼愛女兒，想嚇唬自己。尙憲對和秀一家人沒有任何奢求，在職場追隨的泰浩人品無可挑剔，雖說明惠有點讓人畏懼，但岳母有話直說的性格反讓尙憲覺得很好相處。至於自由奔放的知秀，實際相處下來，尙憲不禁覺得都是自己在杞人憂天。

和秀是那種平衡感很好、看似不會摔倒的人，有著溫和卻果斷的性格，回首往事時不會沉溺於過去，即使未來的計畫不如所願，也能保持柔韌的態度。生活中也能與他人保持適當的距離，擁有平均分配生活與工作能量的能力，和秀給人的感覺，就像最近流行的冥想軟體中沉穩的聲音。尙憲怎麼也沒想到一直活在當下的和秀會跌倒，而且就此一蹶不振。

「妳就當被瘋狗咬了，不要再……」

「你要是只想說這些，那乾脆不要和我講話了。」

和秀把頭埋進大枕頭底下，就像眞的不想再和尙憲講話一樣。放下遮光百葉窗的臥室和長時間的睡眠似乎成了拒絕尙憲的辯解，即使尙憲明知她不是故意的，還是忍不住這樣懷疑。尙憲怎麼也沒有想到會與和秀變成無性夫妻，他不是想在這種糟糕的情況下做愛，而是想成爲和秀慾望的對象、生活的伴侶。因爲沒有找到不自私的解決問題的方法，所以他總是碰觸到和秀尚未癒合的傷口。

「是那個傢伙丟的鹽酸，妳爲什麼要恨我呢？爲什麼對我的愛消失了呢？」明知不該講的話，還是脫口而出了。

「在我心裡，除了對你的愛，還有很多東西都消失了。再給我一點恢復的時間吧。」

尙憲還以爲和秀會否認，結果卻沒有，說出口的話反而傷了自己的心。

「我等的話，一切就可以回到從前嗎？」

和秀沒有回答。

會愛上和秀，是因爲她是一個只承諾有意義的約定的人，現在尙憲卻期盼她可以承諾一個沒有意義的約定。對於這場婚姻，尙憲並沒有抱以不理智的過高期待，他知道時間會改變一切，甚至願意承擔無法預期的變化，但這件事已不在他可以承受的範圍內，原以爲只是遇到亂流，沒想到開始墜落了。在沒有盡頭的絕望中，尙憲度過著比那個死掉的男人還像屍體的日子。如今，他可以理解古人爲什麼要剖棺戮屍了。

尙憲覺得岳母是爲了和秀才計畫了這次的夏威夷旅行，他也希望藉由這趟旅行帶來某種轉機，所以即使可以調整行程，還是決定晚一步出發，他想給和秀充足的時間。抵達夏威夷前一天，卻突然聯絡不上和秀。透過知秀得知她的手機被偷了，但尙憲覺得就算如此，至少也該主動告訴自己吧。這讓尙憲很不安。尙憲把抵達的時間透過知秀轉達給了家人。

明惠和泰浩不是會留下來等女婿的人，只有和秀一個人在等尙憲。開門看到尙憲時，和秀欲言又止，但尙憲猜到了她想說什麼。坐飛機很累吧？這裡是不是很難找？如果是從前的和秀一定會這樣問的。

「我們去搭遊輪好不好？」

「遊輪？」

「雖然不是大翅鯨出沒的季節，但坐船出海感覺很不錯，還能欣賞夕陽。」

如果和秀不想去，那尙憲就等於是把預約遊輪的錢丟進了水裡，沒想到和秀欣然地跟著尙憲出門了。尙憲很謹愼，沒有把這看成是恢復關係的跡象。

明知看不到大翅鯨，而且在海邊也可以欣賞夕陽，還是有很多人爲了船上的海鮮自助餐而來，願意出海體驗不同的視覺效果。遊輪駛出一段距離後，來自世界各地的人們舉起比燒酒杯略大一圈的酒杯開懷暢飲起來，艙內外的長椅上隨處可見三三兩兩的人群，還有很多在徐徐晃動中熟睡的人。尙憲忍不住心想，既然睡得直打呼，何必跑來搭遊輪呢？暴露在午後陽光下不會晒傷嗎？但這些事都與他無關。他和和秀拿著仿玻璃塑膠杯來到甲板上。

「回去工作的事不用再延後一些嗎？」

「不用。」

和秀舒服地靠在欄杆上，回答得比預想的快。對於個子偏高的和秀來說，韓國的欄杆總是有點低，夏威夷的欄杆則剛剛好。

「我不想成爲因這件事離職的人。我要回去工作，坐在辦公室裡，這樣大家才能有所醒悟，我們的公司必須有所醒悟。」

和秀一字一句解釋了必須記住這起事件因果關係的重要性，但尙憲似懂非懂。

「妳要繼續上班？」

「也可能工作一段時間後，再找個其他的理由辭職吧。現在我也不清楚，一直想這些不清楚的事，也找不出答案。」

「奶奶的書裡這樣寫的嗎？」

「雖然書裡沒有這樣寫，但怎麼說呢，奶奶讓我明白了，人無法一下子擴大視野，摔倒後只能在黑暗裡靠自己摸索，尋找答案。」

「那我呢？」

尙憲覺得很害羞，這麼重要的問題，似乎問得過於幼稚了。

和秀假裝沒看出他的害羞，回答：「至於我們，似乎可以引用一下奶奶引用過的那句話：愛情不會像石頭一樣一動也不動，而是要像麵包，每天烤新的麵包[19]——你還想像從前那樣嗎？」

19：語出《The Lathe of Heaven》娥蘇拉．勒瑰恩（Ursula K. Le Guin），一九七一。

「妳怎麼用反問來回答我的問題呢？」

「雖然我也想……但人生的目標好像變了。我想烤出不同形狀的麵包，不是那種設計好的形狀，你願意一起烤嗎？」

「爲什麼不能回到從前？我們的人生爲什麼要因爲那個傢伙改變呢？」

和秀點點頭，尙憲的話，她似乎也同意一半。

「我也不喜歡這樣，但哪有人的一生會不受外部衝擊的影響呢？發生那件事後，我反覆思考的不是自己的不幸和傷口，我並沒有一蹶不振，自怨自艾，但是過於近距離的看到世界扭曲汙染的一面後，我眞的很難再回到從前了，至少在找到可以解釋這一切的語言之前。你能理解嗎？在我找到這種語言之前，你願意陪在我身邊嗎？」

「不知道，我眞的什麼也不知道了。」

尙憲坐在長椅上，和秀走到他身邊也坐了下來。在周圍熟睡的人中，只有他們保持清醒在低聲交談。

「不知道也沒關係。」

「怎麼可能沒關係？」

「眞的沒關係，等你想清楚再回答我吧。」

尙憲很想問和秀爲什麼不爲自己改變，但終究沒有說出口。他覺得一切都很糟糕，很想放聲大喊，最後還是輸給和秀堅定的細語。和秀輕輕撫摸他的手腕，平息了尙憲激動的心。眞不該與認爲婚姻是每分每秒都需要更新合約的沈家之女結婚，但心知肚明的他還是這樣做了。我眞是個傻瓜……尙憲在心裡埋怨起自己。

一片夕陽美景在兩人面前展開。

「你不覺得『Sunset』這個詞很美嗎？有兩個『S』耶。」和秀說。

看到久違的和秀的側臉，尙憲心軟了。他心裡早已有了答案，但還是拖了很久沒有說出口，他也想任性一次。

30

不知何時開始，我像愛芳一樣講話、微笑和抗爭，最重要的是，我像愛芳一樣喜歡上了社交。我不停交友，把大家介紹給彼此，擴展交際圈。我是從什麼時候開始把朋友的幽靈披在身上的呢？即使是寒冷的冬天，感覺自己一絲不掛地徘徊在街頭時，我也披著朋友的幽靈。幽靈可以是漂亮的圍巾，有時也會變成透明的隔牆，分離我的眼淚與笑容。當眼淚只是眼淚，笑容只是笑容的時候，任何事都不會模糊、變質。所以當有人說我是不知廉恥的女人時，我才可以做到不以為意。

女兒們也在整理畫展小冊子和圖錄時抱怨過。

「媽怎麼一邊參加國展[20]，一邊跑去支持反國展啊？」

「抽象也沾邊，超現實主義也插足。」

「怎麼從民眾美術評論一下跨越到後現代主義啊？妳才是蝙蝠吧。」

若非要辯解，只能說我喜歡美術界的那些人。這就是我的一貫性。只專注一件事的話，或許不會這麼難為情，但對於過去與這邊的朋友勾肩搭背、又和那邊的朋友把酒言歡的日子，我也不覺得丟臉。

我要女兒們保密，不要把這些事說出去，結果自己都寫出來了。我真不愧是個厚顏無恥的寫手。比起美術評論，那些關於海外滯留期間的生活瑣事似乎更受人們關注，所以我覺得也沒必要再糾結過去了。

——《無關愛情》（二〇〇〇）

20：大韓民國美術展覽會之簡稱，為振興韓國美術發展具有貢獻，但評審濫權與設定審核制度，也為美術界帶來負面影響，於一九八一年轉型為民展。

從時善開始延伸出的各個家庭一大清早便忙得不可開交，有的人急匆匆地出了門，有的人留在家裡做最後準備。透過這場祭祀，大家發現全家人的共同點竟然是對瑣事也全力以赴，他們露出苦笑地看著彼此。

奇異的祭祀從和秀帶著「Proper Expression」鬆餅店的老闆走進家門時正式展開。老闆從小貨車卸下行動廚房料理桌，擺好各種用具，接著著手準備鬆餅粉的用量。明惠跑過來，看到原以爲對準備祭祀毫無興趣的大女兒把場面搞這麼大，既驚慌又高興。

「您的母親是今天的主角吧？聽說今天是爲了紀念她而舉辦的尋寶活動。」老闆似乎對今天的活動很感興趣。

「是的，辦一次這樣的活動感覺很有趣。謝謝您專程前來。」

明惠瞥了一眼和秀，很想問她怎麼不直接買一份鬆餅回來，但也只能之後再聽她解釋了。

「用這種方式紀念一個人眞是個好主意，我會爲大家精心準備的。」

幸好在鬆餅的香氣散發出來前，泰浩飛車趕了回來。他看到鬆餅略顯驚訝，心想不能輸，於是趕快把葡式甜甜圈分給大家。

「你們現在吃，必須現在就吃。」

「嗯？當作飯後甜點……」

「等一會再吃不行嗎？」

泰浩勃然大怒。「不行，必須現在就吃。我爲了趕在涼掉前回來吃了多少苦頭！你們趕快邊吃邊想岳母！」

看到汗珠沿著泰浩的臉頰流下，大家趕快拿起甜甜圈，每個人都嘟囔著說自己一點也不餓，幹麼強迫他們吃東西。但當咬了一口甜甜圈後，全都發出了讚嘆。

「哇，這就像棉花糖和甜甜圈的合成品，這是什麼奇妙的口感啊！」

「眞不愧是產甘蔗的地方，灑在表面的根本不是糖，簡直是魔法粉末。」

「哇喔，爸這是在先發制人啊！」

給時善留了一個甜甜圈後，一盒甜甜圈很快就空了。泰浩這才得意洋洋地回房間去換衣服。其他人也開始準備擺桌，但夏威夷不可能有像樣的祭祀桌，於是他們把院子裡的兩張矮桌搬進室內，又找來一張床單鋪在上面。爲了把自己準備的供品擺在正中央的好位置，有幾個人展開了心理戰。爲了整體的協調感，明惠擺來擺去，調整著供品位置，但看起來還是亂糟糟的。

「嗯，比想像中……」

明惠俯看桌子上的供品，正感爲難時，京兒突然把頭探過來。

「很亂七八糟吧？姐，妳也沒想到會變成這樣吧？後悔了吧？」

「沒有，但比起亂七八糟，感覺……還滿豐富的嘛。」

桌子左上角擺著明俊在檀香山藝術博物館分館，也就是在山坡上的斯波丁之家製作的積木塔。因爲是用海洋廢棄物製作而成的再生塑膠積木，顏色有些混濁，乍看之下有點像燭臺，但明俊堅稱自己做的是塔。明恩難得地稱讚了弟弟，說那座積木塔的樣式很有新羅末期、高麗初期石塔的味道。

明恩把晒乾後放在厚紙之間的多形鐵心木和夾在登山鞋底的火山碎石擺在最後一排中間的位置，那是夾在鞋底縫隙的小碎石，並不是自己故意偷帶出來的，應該沒有關係。小碎石旁邊擺著泰浩的甜甜圈和和秀的鬆餅，兩款甜點看起來非常競爭。

中間擺著蘭貞在博物館做的花環，以及從書店買來、以夏威夷爲背景的小說。蘭貞原本只想送一個花環，後來突然想起時善曾經說過，小說是存在的人與不存在的人之間的一場對話，於是又買了一本書。雖然時善沒寫過小說，但蘭貞知道她很喜歡讀小說。

「舅媽，花環好好看，用的是什麼花啊？」知秀似乎起了私心，一邊摸一邊問。

「楹葉黃花稔、晚香玉、緬梔花和茉莉花，本來想按照範例做，但第一次做，好難。聽說觀光客會把花環丟到海裡，如果這些花又漂回岸上，就表示還會再回到夏威夷。」

「就像羅馬的那個噴泉？」

「嗯，但是丟的時候一定要把線拆下來。雖然是不起眼的棉線，海龜吃下去會死掉的。」

「唉，不是塑膠也會死喔，不過就是條棉線而已。晚上我們也去丟，只丟花瓣就好。」

聽到海龜會死，眼睛瞪得圓圓的海霖緊緊抓住了知秀的手。知秀知道海霖一定會搶先一步收好那些線的。

桌子正中央擺放著海霖這幾天撿到的羽毛。雖然大人們把最好的位置讓給了最小的孩子，海霖還是一臉不高興，因爲那些花花綠綠的羽毛都是外來種，而不是夏威夷原生鳥種。

「妳不是也喜歡普通的小鳥嗎？」

「那也不等於我喜歡那些適應新環境、取代原生種的外來種。」

沒有人能理解海霖的焦慮。距離羽毛稍遠、右側的伏特加酒杯裡裝有半透明的液體。供品都擺好後，好幾個人問：「這是什麼？酒嗎？」正要拿起酒杯想要聞聞味道、品嘗一口時，雨潤表情嚴肅地阻止了他們。那是雨潤衝浪時，最成功的一次的海浪泡沫。

最前排左邊放著尙憲買來的水果，京兒的咖啡放在中間，奎霖在左邊放了一張證書。

「這是什麼證書？」

「我在大溪地海裡用奶奶的名字種了五隻珊瑚的證書。」

「時善的珊瑚，No. 1～No. 5……」

「給五隻各取一個名字很麻煩的……」

「你怎麼付錢的？」

「我把換的現金給了蔡斯，然後他用信用卡幫我付的。」

奎霖沒有告訴大家，他計畫等到二十歲時成爲一名潛水員，做一個珊瑚園丁。如果是海霖就應該會說出來，但已經是青少年的奎霖一臉捉摸不透的表情，保持著沉默。

知秀用借來的投影機將彩虹照片投射在桌子後面的白牆上，大家紛紛指責她，說她假裝敷衍，結果準備了最華麗的禮物。

明惠身穿百褶裙走到桌子前。

「媽無論去哪裡發表賀詞，向來都以五分鐘內結束而出名，所以晚年因爲受邀太多，吃了不少苦頭。媽總是強調，年紀越大越應該少說話，身爲她的女兒，我也簡短地說兩句話，然後表演一支草裙舞。很高興大家都找到了自己認爲有意義的東西，愉快地度過了這幾天。雖然從明年開始，我們還是像往常一樣不會舉辦祭祀，但至少辦過這一次了，而且感覺滿成功的。今天晚上，就讓我們一邊聊聊找到的寶物，一邊懷念媽媽吧。最後請大家爲專程趕來、破例爲這場祭祀增光的『Proper Expression』老闆鼓掌。」

看到明惠用雙手指向自己，鬆餅店老闆立即做出回應，只要再做五張鬆餅就可以了。雖然夏威夷人也在場，但明惠毫不害羞，她讓明恩播放音樂後，按照這幾天學的跳了一支非常精采的草裙舞。在場的人都可以感受到，那是一種近似於語言的舞蹈。

鬆餅店老闆走後，一家人圍坐在沙發和地上，聊起沈時善。

「有一次，一家室內設計雜誌想拍我們家，可能因爲是老房子，加上媽也爲他們寫過幾次稿。起初媽拒絕了幾次，最後還是同意了，誰知攝影組剛到就回去了。臨走時對媽說，沈老師，您的判斷是對的，眞的沒辦法拍啊。」

「連專家都說不行了啊。」

「別提媽有多難爲情了，她可是花了好幾天整理呢。」

「奶奶家沒那麼亂啊。」

「你們看到的都是幾場打掃大戰之後了。」

關於時善的「有一次」系列話題，多到通宵達旦也聊不完。有些趣事重複了二十五次，無論是誰都能從頭到尾完整重複一遍。明恩開蘭貞的玩笑，又提起海帶湯事件。

「弟妹生雨潤時，媽特地去百貨公司買了四十萬元的海帶，後來才知道弟妹不喝海帶湯。結果那些海帶都跑進我的肚子裡了。那一整年，媽只要見到我就教我喝海帶湯，多喝一點，喝得我都快吐了。沒生育過的我竟然吃了一整年的海帶，最後什麼海帶涼湯、涼拌海帶全來了，現在想起來都覺得反胃。反正你們就是看我好欺負。」

「哎喲，這件事翻來覆去要講多少遍啊！我不是不喝海帶湯，我是根本不喝湯，大醬湯和牛肉蘿蔔湯也不喝。媽也不先問問我。」

雨潤和明俊幫蘭貞解圍，就因爲這樣，他們也都不喝湯，這是一種很好的飲食習慣。

「我準備大學美術考試時，有一次媽來補習班看我，老師誇我的色彩感很好，誰知媽回說這是理所當然的，因爲我很像她。媽的意思是，我繼承了她的優點。脫口而出的一句話，連她自己也嚇了一跳，但也沒多解釋什麼。全國都知道我不是她親生的，但她好像總忘了這件事。不過我很喜歡媽這樣。」

明惠見京兒眼眶又紅了，趕快制止她。「喂，不許哭，又哭！她都生了三個，誤以爲多生一個也是有可能的，這有什麼好哭的。」

「妳根本不懂失去三次父母的心！妳不會懂的！」

「也許我們不懂，但這世上也有送走四、五次父母的人啊，妳也別太傷心了。」

「四、五次？」

這時，知秀插嘴：「唉，看來我們也會這樣，等以後媽媽、爸爸、阿姨、姨丈、舅媽和舅舅都走了，我們就等於失去七次父母了。」

明俊聽著知秀不知道是感慨還是在無差別攻擊的言論心想，怎麼又把自己排在最後。雖然心裡有點不是滋味，但沒和她計較。他也提了一件自己記憶裡的事。

「我出國留學前，經常陪媽出門散步。那時付岩洞有很多人家養狗，現在那裡也是很適合養狗的地方。有一天，我們看到一隻跟熊一樣的狗突然趴在地上，原來牠是看到一條毛茸茸的約克夏㹴走過來，爲了不嚇到小狗，所以在距離二十公尺遠的地方先趴下來。媽看到那一幕，感嘆地對我說，你也要成爲那樣的男人喔。」

「這件事我還是第一次聽說。」蘭貞驚訝不已。

「小時候聽到這種話很不高興，媽總是講一些很像樣的話鼓勵姐姐和妹妹，卻教我像狗一樣？而且我覺得那條狗是母的，公的才不會那麼紳士呢！我爲了搞清楚那隻狗的性別，一個人一天出門四次，但牠的毛太多了，根本分辨不出公母，最後只好問了狗的主人……」

「母狗嗎？」

「不是，是公的。那個年代狗的結紮手術還沒有普及，這讓我意識到，很多事不能都怪睪丸素啊。我想確認公母是爲了反駁媽的話，現在想想的確是非常有用的忠告。」

「那我們養狗吧。」

「是啊，爸。」

蘭貞和雨潤的話稍稍偏離了主題，明俊含糊帶過，沒有給出明確答覆。

泰浩這時開口：「婚後，我媽常寄吃的給岳母，我媽喜歡做菜分給身邊的人，那個年代的父母很多人都會這樣，所以我也沒多想。過了幾年後，我媽跟我說岳母一個保鮮盒、泡菜桶也沒還給她，還教我轉告岳母，不用不好意思只還回空盒，畢竟泡菜桶那種東西也不能一直買新的。我和岳母無話不說，所以直接把話轉達給她，誰知岳母嚇了一跳，趕快進廚房裝了好幾袋子保鮮盒，之後還送了我們家很多水果籃。但是……」

但是？這種事能有什麼反轉？大家好奇地看向泰浩。

「那些保鮮盒，沒有一個是我們家的。」

「媽也太過分了吧。」

「我也不好意思再問岳母，而且還回來的都是玻璃、不鏽鋼的保鮮盒，所以我媽就留下來用了。後來我媽也放棄了，乾脆裝在塑膠袋裡寄給她。」

「原來奶奶才是汙染環境的主犯啊……」

「家裡人多、工作也多，知道媽不做飯的人會從全國各地寄吃的給她。媽很有女人緣，那個年代的女性表達好感都會送泡菜。到了醃泡菜的季節，家裡就會收到各種各樣的泡菜，媽怎麼可能記得住是誰的泡菜桶。」明恩替時善分辯。

「原來如此！所以小時候只要是下雨天，奶奶就會要我送泡菜煎餅給鄰居！」

「知秀，妳少誇張了，還送什麼泡菜煎餅？」

「眞的啦，我七歲之後只要下雨，奶奶就會要我送泡菜煎餅，我至少送過五十張呢。」

「知秀姐說的是眞的，我也送過。」

這次奎霖幫知秀作了證。時善讓孩子跑腿是顧慮到鄰居比較不會有壓力。

「這麼看來，媽應該也有很多盤子沒收回來，沒虧本。媽走後，打開櫥櫃看到那麼多保鮮盒，的確嚇了我一跳。」

「不是，你們講的這些事怎麼感覺是在開奶奶玩笑呢？奶奶的靈魂要是跟來夏威夷，聽到你們這麼說一定很不開心。」雨潤幫起了不在場的時善。

「那妳說說看，妳和奶奶有什麼美好回憶？」

「有一次，暑假作業要蒐集郵票，我心想奶奶那裡一定有很多老郵票和外國郵票。其實老師要我們蒐集的是新郵票，但當時還是小學生的我看到什麼郵票都蒐集，連邊角有損的郵票也都撕下來。奶奶陪我找郵票也找得很開心，我住在奶奶家三、四天，一起撕下各種郵票，結果奶奶把自己的截稿日忘了。」

「哎呀，我想起那時候的事了。」

「媽偏偏忘了日報的截稿日，鬧出大事。爲了找郵票，連電話也不接。」

「那可能是媽這輩子唯一一次沒有按時交稿。」

「媽是那種遇到感興趣的事就會徹底投入、無法自拔的人，我們也多少繼承了她這種性格，大家必須小心啊。」

「嗯，的確是這樣。」

時善在去世前一年說要把自己的藏書全部送給蘭貞，蘭貞也不知道是出於怎樣的預感，明明開車去搬的話一、兩次就可以搬完，但她每次都拉著手推車去付岩洞，來來回回了十幾趟，每次時善見到她都很開心。但這件事蘭貞沒有說，她更想把這件事放在心底，當成自己與時善兩人的回憶。

年紀最小的海霖沒有什麼與時善的回憶，只好安靜地坐在一旁。蘭貞覺得沈家人的話太多了，有一個人沉默也很好。

「奶奶送過我陽傘。夏天我去看她，臨走時她說太陽大，就送了我一把很老的蕾絲陽傘。奶奶見我很喜歡陽傘，之後每次去看她，她都會送我陽傘。奶奶是一個很精緻、單純的人。她總說，和秀這麼喜歡陽傘，那奶奶再送妳一把好了。」

「陽傘也是我們經常收到的禮物之一。」

「我現在也還在用那些陽傘，但用了這麼多年傘架都壞了，最近連修雨傘的地方也沒了，記得小時候可以看到很多修雨傘的地方呢。」

「妳好好保管，以後傳給妳女兒。」京兒說。

泰浩就像被操縱的機翼，插嘴道：「爲什麼覺得我女兒會生女兒呢？也可能是兒子啊。我朋友的孫子和他超好的，小傢伙說他有求必應，簡直把他當成機器人呼來喚去。我也想成爲一個機器人呢。」

「我不會生小孩的。」和秀終於說出了這句話。片刻的沉默過後，她接著說：「……我不想讓孩子降生在人會向人潑鹽酸的世界，我做不到。」

聽到和秀把「男人向女人」淨化成「人向人」，知秀突然一股火冒上來，她知道姐姐是不想在這種話題上與長輩展開沒有結論的討論，但還是希望她的用詞可以更明確一些。因爲無論在哪個大陸、哪個文化圈，百分之九十九的投擲者都是男性。難道要平均每三天出現一位被潑鹽酸的女性受害者，這種事才會被重視嗎？

「我們會幫妳啊。」

「我們也會提供各種支援，哪還有人能有妳這種條件啊。」

明惠和京兒感到很惋惜，試圖說服和秀。

和秀搖了搖頭。「我知道托奶奶的福，我們家在中產階級沒落的年代撐了過來，也知道這是一種幸運。但是，最近的女性不生育並不都是出於經濟的原因，而是生活的氛圍令人窒息，才不想生育。想到自己遭遇的事下一代也會遭遇，我怎麼能承受？況且我們心知肚明，只靠自己是無法守護孩子的。韓國的空氣太令人窒息了。」

「不是只有韓國這樣，很多國家的問題更嚴重啊。」

「那就更不能生了。」

「妳不生，誰生？」

「比我傷得輕的人，比我痛苦少的人，不必出現在電視新聞裡的那些人。」

聽到和秀的話，長輩都沉默了。新聞經常在和秀的傷口上灑鹽，七歲的孩子在公園廁所裡被強暴，二十歲的少女只因提出分手就慘遭男友活活掐死。和秀知道自己再也無法對這些別人不以爲意的事釋懷了。

明惠嘆了口氣，環視了一圈四周。

「看來這美好的血統就要結束了。」

「姑姑，血統這種東西早就該結束了。」雨潤說道。

明惠哽咽了，她突然拍了一下明恩的背。

「都是妳，誰教妳活得這麼瀟灑，我女兒都被妳帶壞了。」

明恩剛要開口辯解，知秀率先反駁：

「等一下，你們怎麼覺得我不會生小孩呢？可能我會生啊。海霖那麼可愛，我想生一個像海霖那樣的小東西。」

「我才不是小東西。」海霖小聲嘀咕了一句。

「是啊……只有快樂主義者才能戰勝這樣的時代。」

明惠接受了二女兒的反駁。雨潤、奎霖和海霖以各自的理由暗下決心，要做始於時善的血統的那個終點。

和秀慢慢回想了一下那些沒有代代相傳的東西。小時候媽媽和阿姨幫孩子們綁頭髮的各種方法、改編的搖籃曲、絕版的圖畫書、腹瀉時的民間療法、開胃餅的食譜、冷凍庫裡的小雪人、由很多裂痕形成紋路的戒指、除夕夜聚在一起聽敲鐘的習俗、玩撲克牌的例外規則、放有故人照片的相薄、很重但很涼爽的涼蓆、褪了色的屏風、四十歲的花盆、被撕掉郵票的信和變成單數的茶杯……

「就算如此，至少我們沒有繼承到缺失感。」

雨潤點了點頭，似乎聽懂了和秀這句自言自語。

「這樣就夠了。」

令大家安心的是，那些省略沒說的部分也都傳達到了。

31

雖然我也不想這樣，但還是講了太多的話。比起散落在空中的話，我更想把它以文字的形式固定在紙張上，但總是有人迫使我開口。當然，我也覺得既然這條路都走了一半，那就把它看成是自己的職責好了。我接受了現實——話多的女人會被討厭，既然事已至此，那就順其自然吧。

我覺得自愛的人會對過度曝光這件事很慎重，但還是要有人站出來講講同齡女性的故事。有時我也會懷疑自己真有資格脫離大家的軌道嗎？但脫離了原有的軌道後，又遇到新的路線，就這樣一路走了過來。問題只有講話沒有一貫性，常常前後不符，隨著心情變化有時這樣、有時又那樣。我也會懊悔，自己該少言寡語，安靜地過生活。

無論如何，我現在都不能再講下去了，如今話語權應該交給下一代。反正關於這個世界，我該說的話早已說盡，也不可能生活在未來的世界，所以我的意見都不重要了。雖然很擔憂下一代還是會像我一樣被當成箭靶、捲入紛爭、被世人誤會，但我相信還是會有人站出來講話的，只要神經大條一些就可以做到。正確的話我說了不少，但也好像講了很多不適當的話，可能下一代也會講很多對錯參半的話吧。

接下來，我只想把未能說出口的話講給真正有意義的人聽，所以大家不要再給我打電話，不要再邀請我了。今天我是來向各位道別的。

——《與名人共度晚餐》（二〇〇五）

回國當天是晚上的飛機，所以大家退房後一起去美術館看了那幅畫。結束古怪的祭祀隔天再去看那幅畫，感覺順序很剛好。大家以各自的速度和路線觀賞完其他作品後，沿著不存在的線聚集在時善的肖像畫〈My small perky Hawaiian tits〉前。

那幅畫應該是用了一百號畫布，但可能是自己裁的，縱向似乎有點長。破舊的大椅子上披著一張縐巴巴的布，赤裸的時善坐在上面，膚色畫得比實際膚色暗了很多。也許是因爲剛從夏威夷到杜塞道夫不久，再不然就是爲了凸顯異國風情才畫成那樣的。馬緹亞斯可能要求時善做出了慵懶的表情，但她看起來很像是在胡思亂想。那張大家都很熟悉的消瘦臉龐似乎在渴望著另一種人生——自己追求的人生，即使始於悲劇，卻充滿了想要實現什麼的意志。青綠色的圍巾遮擋著時善的下巴，目光眺望著遠處的逃生口。

「的確捕捉到了媽某種本質的表情。」

「我看那個爛東西連自己捕捉到了什麼也不知道。」

「說到爛，他的確早就爛在地裡了……但他怎麼能取這種標題呢？怎麼能把人說成是兩個乳房呢？」京兒氣憤的直咬嘴唇。

這時海霖開口：「不過，『tits』似乎是在表達這幅畫中很像山雀的那些影子。」海霖邊說，低頭查起字典。

好像也沒錯，如果是乳房，更常用的是「ea」，而不是「i」。

「就算是這樣也不能取這種標題啊！你們能原諒他嗎？」

京兒依舊很氣憤，大家都搖了搖頭。當然不能原諒，無論是這幅畫的標題還是發生過的事，都不能原諒。

明惠先轉身走了，其他人也跟了過去。大家並沒有想把這幅畫摘下來燒掉，有的人站在畫前哀悼，有的人發洩情緒，然後默默轉身離開。

抵達機場後，明惠做了簡單的總務報告，其中一部分旅行經費是用時善的版稅支付的，她逐一向大家說明錢都用在了哪裡，但沒有人認眞聽。打瞌睡的明俊被訓斥後，要明惠隨便記帳就好京兒也挨了罵。突然，蔡斯出現了。大家都沒見過蔡斯，所以都很好奇地看著他和知秀竊竊私語。難道這就是電視劇裡才會出現的機場戲碼嗎？

「妳怎麼不接電話？」

「啊，在美術館設成靜音模式了。」

「妳看到新聞了嗎？」

「什麼新聞？」

新聞報道說有一艘油輪在智利沿岸沉沒，雖然沒有人員傷亡，但洩漏出來的油危害了海洋生態，恐怕需要幾十年才能恢復。蔡斯是太平洋野生動物保護團體的會員，他快速講解了趕赴現場的計畫。

「我們兩小時後出發。」

「原來如此。」

「妳要不要一起去？」

家人都嚇了一跳，但知秀沒有嚇到，卻有些搞不清楚狀況。

「我一個ＤＪ去能做什麼？在船上開派對嗎？」

「我們要去幫海鳥和企鵝洗澡，說不定晚上也需要ＤＪ。」

海霖聽到要幫海鳥洗澡，發出近似慘叫的呻吟，場面有些尷尬，大家預感到將會有很傷腦筋的事情發生。

「海鳥的羽毛沾到油會很難維持體溫，用嘴清理羽毛吃下油的話會死掉的。」

蔡斯向沒搞清楚狀況的知秀說明，知秀很快意識到問題的嚴重性，難怪自己有一種旅行尚未結束的感覺。

「我也要去，那回國的機票得取消了。」

雨潤一邊安撫也吵著要跟去的海霖，一邊用嘴型向知秀道別。知秀充滿歉意地輕輕拍了拍海霖，安慰她說雖然很想帶她去，但她還太小。海霖哭濕了整張臉，哭得連眼皮上的胎記也變紅了，但她還是囑咐知秀到了那裡一定要認真幫海鳥洗澡。

「媽，妳不擔心嗎？」在機場道別時，知秀問明惠。

「我該擔心嗎？」

「我這樣在外面到處亂跑妳不擔心？」

「啊，嗯。」明惠推了一下眼鏡。「如果像沈時善女士那樣，那妳怎麼樣都能生存下來的。」

身旁的蘭貞依依不捨地抱著登機時間不同的雨潤，明惠的話在某種程度上也安慰了蘭貞。雖然雨潤身子弱，卻繼承了時善不服輸的性格。這就足夠了。

「你們在搞什麼，這氣氛怎麼感覺我也得單獨搭飛機啊？」

和秀開了一個很冷的玩笑，大家敷衍地笑了笑。尙憲很想阻止知秀這種衝動改變航路的行爲，但感覺就算阻止也沒用，於是乾脆放棄。

回程的飛機上，少了一個人，但又多了一個人，因此與來時的座位安排不同了。京兒和哭累後睡著的雨潤坐在一起，奎霖爽快地答應可以一個人坐。明恩把和秀旁邊的座位讓給尙憲，自己坐到明惠和泰浩旁邊。姐妹倆坐在窗邊俯瞰歐胡島，很難想像時善曾經在那裡生活，彷彿年輕的時善依然徘徊在那深綠與深藍色之間。到了晚上，說不定時善會從畫裡走出來。應該在畫的旁邊幫她放一條草裙……明惠的想像漸漸演變出奇特的型態。

明惠轉過頭，看向如同散落的雲朵般分散而坐的家人，有的人與她四目相對時露出驚訝的表情，有的人做了個鬼臉。京兒指著熟睡的海霖的T恤，開心地低聲說：「穿了黃色的衣服，那是我偷偷塞進行李的衣服了。」明惠靠在椅背上心想，除了衣服的顏色，海霖似乎還發生了一些變化，但比起預測，最好還是慢慢觀察那些改變吧。

我們都很像那個人，那個即使生活在醜陋的年代，還是能每天發現美好的人；即使自己的人生一塌糊塗，還是會在背後支撐別人的人；縱然那個人走了十年之久，但那些影響世界的碎片仍留在我們心中。

作者的話

「我們要在夏威夷見面，舉辦一次祭祀。」

這是媽媽經常開的玩笑。媽媽的兄弟姐妹裡總有幾個生活在北美和中南美，所以才會開這種玩笑。但他們一次也沒有採取過實際行動，所以我才會想以小說的形式幫他們實現這個想法。

我借用了家族的一個玩笑和一個悲劇。我的叔公在韓戰中慘死於國軍之手。我想假如他死於敵軍的槍下，家人應該不會反覆回想起這件事。令我感到神奇的是，自己竟然比過世的叔公還要年長十五歲。之所以在小說中將這個悲劇改寫成對平民的屠殺，是因爲現在因發掘遺骸預算不夠，很多地方被直接畫成重劃區。我認爲共同體不該不牢記過去、只顧前進。

這本小說是一份二十一世紀的愛，這份愛要獻給從二十世紀的困境中存活下來的女性。沈時善的名字來自我的奶奶，但我改了其中一個字，我希望能在小說中獻給她一次她從未擁有過的人生。

我常常思考自己的家譜。這些年我意識到，過去不是只有金東仁[21]和李箱[22]，也有金明淳[23]和羅蕙錫[24]。我不禁想像那些生活在殘酷上世紀的女性藝術家們，如果咬緊牙關生存下來、組建一個大家族的話，會是怎樣的面貌？可能很難有一個大團圓的結局吧。

此外，這也是一本關於藝術界內部權力運作方式的小說。出於擔心對塞爾道夫有感情的人會傷心，我想在這裡解釋一下，我把背景設定在杜塞道夫單純只是因爲寫作方便。如果一個人的影響力可以發揮極大的作用，那無論是歐洲的那座城市都無所謂。杜塞道夫是一座美術的城市，擁有美麗的街道，所以我才選擇這裡。李美貞個人展《*The Gold Terrace*》、ORGD二〇一九年的《牡丹與螃蟹》、全泰壹紀念館的《耀眼的夢》等視覺藝術展，都爲我帶來了很大的影響，讓我體驗到不同媒介相互作用的特別經驗。

此外，這本小說也是對充斥在韓國社會令人窒息、厭惡的氛圍的漫長傾訴，其中也包含了我一直在關注的帝國主義與生態主義。與往常一樣，我在寫作時依舊抱持著親密感與理解，即便我努力隱藏，不過讀者有時好像連那些沒有隱藏的東西也會發現，就像快樂尋寶遊戲一樣。最後要感謝接受採訪的人們，但在這裡要隱藏起那些珍貴的名字。

希望大家能夠愉快地閱讀這個始於一個玩笑和一個悲劇，從二〇一六年精粹過濾到二〇二〇年而成的故事。我會像從未存在過的沈時善一樣，一直寫到生命的盡頭。

二〇二〇年夏

鄭世朗

21：韓國小說家，一九一九年參與創辦朝鮮第一份文學雜誌《創造》。
22：朝鮮象徵派詩人、小說家，代表作有小說《翅膀》。
23：韓國女性作家、電影兼話劇演員、記者、女性主義者。
24：韓國女性作家、女性主義者、朝鮮早期西洋畫家之一。

參考資料｜Notes.

1. 《勞動夜校，夢想的解放之夜》（노동야학，해방의 밤을 꿈꾸다），金韓秀著，2018。
2. 《菩薩像》（보살상），朴道和，1990。
3. 《普賢行願品》（보현행원품），佛教研究院著，2018。
4. 《*The Genius of Birds*》Jennifer Ackerman; Margaret Strom (NRT)，2017。
5. 《*Bird Sense*》Tim Birkhead，2015。
6. 《新女性的到來》江敏其等著，2017。
7. 《歡迎光臨，這裡是貓頭鷹研究所》（어서 와，여기는 꾸룩새 연구소야），鄭多美著，李玫瑰繪，2018。
8. 《*Designing Creatures and Characters*》，Marc Taro Holmes，2018。
9. 《Falcon》，MacDonald, Helen，2017。
10. 《夏威夷照片新娘千蓮熙的故事》（하와이 사진신부 천연희의 이야기），文玉杓等著，2017。
11. 《*From a Native Daughter*》，Haunani-Kay Trask，2017。
12. 《夏威夷韓人社會的成長史 1903～1940》（하와이 한인사회의 성장사 1903-1940），李善洙等著，2014。
13. 《Hawai i s Birds and their Habitats》，H. Douglas Pratt，2013。
14. 《Pele》，Pua Kanakaole，1991。
15. www.coralgardeners.org
16. www.susanscott.net

書評

緬懷阿嬤的拜拜不只有一種：以接納為底，甜點與舞蹈為表

許菁芳（作家）

閱讀這本書時，我想起了皮克斯動畫《可可夜總會》。《可可夜總會》的主角是個小男孩米高，他的家族享有一份成功的製鞋事業，由米高的太祖母白手起家。米高非常具有音樂天賦，也很想追求歌唱夢想——但是，米高的太祖父曾經因爲歌唱事業而離棄妻女，太祖母留下的遺訓就是子孫不得從事音樂工作。米高因此相當矛盾壓抑。然而，契機出現在亡靈節（El Día de los Muertos），米高意外穿越了陰陽界，來到亡靈的世界；他能獲得太祖父的祝福，甚至幫助太祖父與太祖母和解嗎？

打破犧牲、受害視角，認識阿嬤的真實面貌

《可可夜總會》與《奶奶的夏威夷祭祀》的主角都是一位能幹而極具個人魅力的女性長輩，

而且故事場景都是在這位祖母逝世多年之後，由兒孫展演她遺留在人世間的身後事。這是深具意義的敘事，不只將焦點放在女性的家族領袖身上，這位女性家族領袖還同時領導著事業、家庭與社群——而她們的多方發展更充滿著複雜而細緻的情節，包含親密關係的傷害、爲子女的付出、多面向的藝術創作。至今，許多人對阿嬤的想像與投射，都還是從犧牲、受害的扁平結構出發；但這兩部作品都成功地編織了多方說法，也提供足夠長度的生命歷程發展，讓讀者體會到女人在不同情境中的能動性。換言之，兩部作品都立體地捕捉了女性家族領袖的眞實面貌。

不過，若是比較〈可可夜總會〉與〈奶奶的夏威夷祭祀〉，有一項關鍵的差異是：〈奶奶的夏威夷祭祀〉當中的沈時善，在有生之年已經很大程度地療癒了個人的創傷。因此她遺留人間的，多是愛，不是問題。換言之，後人不需要扛著奶奶的創傷，可以自由地發展自己的人生，甚至是在奶奶留下的文明基礎上，再創新貌。

接納自身的痛苦，找回開創自我的力量

沈時善是親密暴力的受害者，但她並沒有讓受害事件定義她的人生。小說中，年輕的沈時善曾經與來自德國的知名藝術家馬提亞斯·毛厄有過一段關係，而他並未善待她。馬提亞斯留下一幅以她爲模特兒的肖像畫，畫名相當輕浮，稱呼她爲「我活潑的夏威夷奶子」(My perky Hawaiian tits)。在德國共同生活的那段時間，沈時善是傭人、助手和出氣筒，而非平等的伴

侶——「我結識他的時候，他已經喪失了性能力，所以他會透過暴力把這種扭曲的慾望發洩出來」。甚至在她決心離開時，馬提亞斯還在盛怒之下向她投擲一把油畫刀，「直接插在我手臂上」。或許出於愧疚，也或許愛本身就內涵眾多人的黑暗面，馬提亞斯自殺後將畫作與地產留給沈時善，世人因此對他們的關係多有揣度，甚至批判。

沈時善面對這個影響她深遠的男人，未必原諒，但有接納，讓這段關係以其複雜與眞實的樣貌留在過去。她說，「我們之間的事情並非人們描述得那麼美好，也沒有到難以啓齒。」接納過去的心量，允許她掌握自己新的人生。換言之，這段扭曲的關係以其扭曲的眞實停留在過去，她因此能夠前進，創造自己的人生，成爲同等複雜而豐富的生命主體。小說中以引文的方式拉出第二條敘事軸線，是小說本體的景深，讓讀者認識到沈時善如何成爲韓國文化界名人。她的才華以多種形式發揮得淋漓盡致，除了繪畫，也大量產出文字作品，其獨特的洞見與語言讓她成爲意見領袖。更重要的是，她慷慨待人，廣結善緣，在政局艱難時收留異議份子，在年輕藝術家的低谷鼓勵他們。

我意識到，接納自身的痛苦，將擁有巨大的力量。沈時善生時沒有緊抓創傷不放，她的餘生，重點在她如何「生」，而不是她如何被「餘」下。在她身後也沒有留下仇恨，既然她已接受了自身的過去，兒孫輩也無需復仇——即使曾有人錯誤地對待家族的長輩，兒孫也不需要以受難者家屬爲唯一的定位。小說中，沈時善的眾多兒女孫輩抵達夏威夷，團聚紀念祖母忌日之時，也一起去看那幅奶奶的畫像。眼見受人尊敬愛戴的祖母被人輕蔑地稱爲「夏威夷奶子」，必定是不好受的吧。不過，這樣的輕浮明擺在世人眼前，顯現的是一項沉重的現實：這不是第一次有影響力的男人羞辱女性，也不是最後一次。這段遺憾的關係已經成為過去，若要有人感到羞愧，應該是已經作古的馬提亞斯，絕不是沈時善，也當然不會是沈時善的後人。

遭逢重大變故的人，當然世界從此不一樣。但面對重大的傷害，最好的行動是讓歷史成為歷史：接納不是為了原諒他人，而是為了讓真實的痛苦流過生命長河，允許自己前往下一個階段，有更進一步的人生。

對生命與愛的熱情，是最美好的傳承

沈時善所涵養的接納力量，也顯現在她作為家族領袖之上。若要子孫飛黃騰達，首要是允許人們成為他們自己。真正的子（女）承父（母）業，來自於真心的嚮往與超越，不來自於強迫與安排。小說中的沈時善，在子女成長期間其實根本忙得團團轉，顯然不是能夠手把手檢查功課安排才藝班的母親。但任何一個有力量的母親，都會養育出獨立而傑出的子女。沈時善的子女有藝術家，也有科學家，她的媳婦女婿，也各有精采的生命故事。她的愛很廣大，她用自己的方式愛每一個人，認為每個孩子都是她的孩子。甚至是她第二任丈夫在前一段婚姻生下的女兒，沈時善也自然而然地納入麾下。當別人稱讚毫無血緣關係的繼女具有藝術天份，沈時善理所當然地回應著，「當然，因為她很像我」。這是多麼自然的一份大氣度。

隨著小說情節開展，沈時善的兒女孫輩在夏威夷各自展開尋根之旅。他們約定好，要在這個地方尋找最美好的一項事物，帶回來紀念祖母。於是有人去學習草裙舞，有人去衝浪，有人拜訪了美術館，也有人專心看著野生鳥類，甚至有人天天跑去吃同一家美味鬆餅。我尤其喜歡以鬆餅與甜甜圈紀念沈時善的橋段。因爲絕佳的美味無法延遲，只能在當下發生，沈時善的女婿朴泰浩精細實驗了二十分鐘的賞味期，計算腳踏車程，以求在最好的一刻讓所有家人都吃到熱呼呼的甜甜圈；孫女和秀甚至把鬆餅店的老闆請到下榻處，現點現做，是唯一適合的方式，向祖母致敬。那樣小心翼翼對待美好食物的態度，也是小心翼翼對待生命的態度。美食要在最恰當的時機入口，而生命要在當下發生。

逝者雖然不可能享用熱氣甜蜜的點心，家族後人只能以最珍重的態度，與生者分享祭品——但祭祀本就是藉死亡的事實，延續生命之流的禮儀。家族拜拜是以這樣一幅大快朵頤的景象作結，若沈時善眞有在天之靈，應該會非常欣慰。

真愛推薦

「鄭世朗」對我而言，是「清爽暢快」的同義詞。她的小說總是以剛剛好的溫度，展開一個可愛人物的故事，《奶奶的夏威夷祭祀》也是如此。我在閱讀時，彷彿能從鼻尖感受到清新的薄荷香。

我側躺著一口氣讀完了這個故事，讀到手臂抽筋也不自覺。我一邊揉著發麻的手臂，一邊想：在我的人生中是否曾見過像沈時善那樣，切實地走過韓國的近代史，卻仍不失輕快和率直的人呢？

朴相映（國際布克獎入圍作家）

「鄭世朗」、「夏威夷」，加上「祭祀」，光看到這樣的組合，就可以確定故事會有多有趣，沒想到這本書的趣味遠遠超出了我的期待！

鄭世朗作家運用這些可愛又幽默的素材，寫出了一個可愛又幽默的故事，同時更細膩地將她的反省與思考埋藏在情節之中，越讀越是嘆爲觀止。

從那個永遠無法遺忘的人——沈時善開始延伸出的這股強大力量，像太陽一樣炙熱地照亮我，讓我在讀完這個故事後，成爲了不一樣的人。

雖然我熱愛鄭世朗作家的每一部作品，但若要選一個最愛，我會說是這一本。

金荷娜（《兩個女人住一起》作者）

讀完這個故事，我感到非常幸福，好希望這個故事不要結束，好想和沈時善一家一起吃鬆餅，欣賞這群帥氣（才不是強勢）的女人們的祭祀之旅。如果祭祀能這樣舉辦，我完全樂意參與！

如果我們都有一個像沈時善那樣書寫、閱讀，努力掌握自己人生的奶奶，韓國社會將會是怎樣的面貌呢？本書描述了一個沒有被父權制擊垮的女性成爲一家之主後，對這個家庭帶來的影響。希望這本撫慰了我的精采作品，將會像女性主義經典電影《安東妮雅之家》一樣，被人們記住。

金寶拉（電影《我們與愛的距離》導演）

奶奶的夏威夷祭祀／鄭世朗（정세랑）著. 胡椒筒 譯. -- 初版. – 臺北市：時報文化，
2022.12；面；14.8╳21 公分. --（Story；053）
譯自：시선으로부터,

ISBN 978-626-353-119-2（平裝）

862.57 111017497

ISBN 978-626-353-119-2
Printed in Taiwan.

本書獲得韓國文學翻譯院（LTI Korea）之出版補助。
This book is publishes with the support of the
Literature Translation Institute of Korea (LTI Korea).

Story 053

奶奶的夏威夷祭祀
시선으로부터,

作者 鄭世朗｜**譯者** 胡椒筒｜**主編** 尹蘊雯｜**執行企畫** 吳美瑤｜**編輯總監** 蘇清霖｜**董事長** 趙政岷｜**出版者** 時報文化出版企業股份有限公司 108019 臺北市和平西路三段240 號 3 樓 發行專線—(02)2306-6842 讀者服務專線—0800-231-705．(02)2304-7103 讀者服務傳真—(02)2304-6858 郵撥—19344724 時報文化出版公司 信箱—10899臺北華江橋郵局第99信箱 時報悅讀網—www.readingtimes.com.tw 電子郵件信箱—newlife@readingtimes.com.tw 時報出版愛讀者—www.facebook.com/readingtimes.2｜**法律顧問** 理律法律事務所 陳長文律師、李念祖律師｜**印刷** 勁達印刷有限公司｜**初版一刷** 2022年 12 月23 日｜**定價** 新臺幣 420 元｜（缺頁或破損的書，請寄回更換）

時報文化出版公司成立於1975年，1999年股票上櫃公開發行，2008年脫離中時集團非屬旺中，以「尊重智慧與創意的文化事業」為信念。